Theodor Mügge

Schritt für Schritt

Ein klassischer Kriminalroman

Theodor Mügge: Schritt für Schritt. Ein klassischer Kriminalroman

Erstdruck: 1859.

Neuausgabe
Herausgegeben von Karl-Maria Guth
Berlin 2021

Der Text dieser Ausgabe wurde behutsam an die neue deutsche
Rechtschreibung angepasst.

Umschlaggestaltung von Thomas Schultz-Overhage unter Verwendung
des Bildes: J.M.W. Turner, Shatten und Dunkelheit, 1843

Gesetzt aus der Minion Pro, 11 pt

Die Sammlung Hofenberg erscheint im Verlag
Henricus - Edition Deutsche Klassik GmbH, Berlin
Herstellung: Books on Demand, Norderstedt

ISBN 978-3-7437-4030-3

Bibliografische Information der Deutschen Nationalbibliothek:
Die Deutsche Nationalbibliothek verzeichnet diese Publikation in der
Deutschen Nationalbibliografie; detaillierte bibliografische Daten sind'
im Internet über www.dnb.de abrufbar.

Nicht weit vom altertümlichen Tore einer lebhaften Kreisstadt machte die Landstraße, statt geradeaus darauf loszugehen, einen Bogen, denn ihr im Wege lag ein ziemlich ansehnliches Haus mit seinen Nebengebäuden. Ein Gartengebäude lief weit dahinter fort, und wo es aufhörte, begannen Waldhügel mit hohen Bäumen besetzt, an deren Gipfeln der rote Abendschein glühte. Abendlich still dämmerten auch Luft und Land und ließen sich von den Heimchen und Heuschrecken in den Schlaf singen.

Auf der Landstraße klapperte eine Postkalesche der Stadt zu und wirbelte eine Staubwolke auf. Ein paar Koffer waren hinten aufgeschnürt, und unter dem weit überhängenden Halbdeck saßen zwei Reisende in Mäntel gehüllt und in die Ecken gelehnt. Bei der Dämmerung ließ sich nichts weiter von ihnen erkennen, als aber der Wagen dem Landhause näher kam, richtete der eine sich auf und streckte den Kopf vor. Die Stadt lag vor ihm mit ihren alten spitzen und zackigen Türmen, welche sie in den Hussitenkriegen uneinnehmbar gemacht hatten, jetzt aber mit ihren Efeugewinden als ein malerisches Stück Mittelalter allein von der alten trotzigen Wehrhaftigkeit übrig geblieben waren. Blauer Dunst vermischte sich mit Nacht und Rauch und umdunkelte den Wohnplatz der friedlichen Bürger; grünende Felder und Matten, der Wald jenseits auf der Höhe und ein Fluss, dessen helles Bett in manchen Windungen sich verfolgen ließ, bildeten einen artigen Rahmen dazu.

Der Reisende tat einen raschen Blick darauf, dann heftete sich seine Aufmerksamkeit auf das nahe Haus. Er hatte ein wohlgeformtes schmales Gesicht und klare scharfe Augen.

»Schläfst du?«, rief er seinen Gefährten an.

»Ich wache eben auf«, war dessen Antwort. »Wo sind wir denn?«

»Dicht bei der Stadt. Und dies hier muss das Haus sein.«

»So«, sagte der andere Reisende, indem er gähnte, seine Augen rieb und dann ebenfalls hinausschaute, »glaubst du es?«

»Nach dem, was man uns berichtete, scheint es mir gewiss zu sein. Wir wollen uns gleich davon überzeugen. Heda, Schwager, weißt du, wer hier wohnt?«

Der Postillion wandte sich um, nahm die kurze Pfeife aus dem Mund und sagte: »Hier wohnt der Herr Major von Brand, und das ist sein Gut. Der ganze Wald gehört dazu, der Acker da drüben auch und die große Wassermühle vor der Stadt ebenfalls. Er hat aber alles verpachtet.«

»Er ist also wohl nicht hier?«

»Ja freilich ist er hier, in dem Hause wohnt er ja.«

»Hat er keinen Sohn?«

»Einen Sohn hat er, der ist aber weit fort. Er ist beim Obersten Gericht.«

»Töchter hat er auch?«

»Zwei hat er. Ein Fräulein ist schon groß, und eins, das ist noch klein und bekommt Unterricht von einem Lehrer, den sie im Hause haben.«

»Du weißt ja sehr gut Bescheid, wie's da zugeht!« Der Reisende lachte.

»Warum sollt ich nicht?«, erwiderte der Postillion. »Ich bin ein paar Jahre bei ihm gewesen, darauf bin ich Postillion geworden. Aber ich wollte, dass ich es nicht getan hätte.«

»Schäme dich«, scherzte der Fremde, »man muss niemals bereuen, was man getan hat.«

»Das ist wohl wahr«, meinte der Postillion, »geschehene Dinge sind nicht zu ändern, und gefallen kann man sich auch nicht alles lassen.«

»Es ist also wohl ein böser Herr?«

»Böse ist er eigentlich nicht, das kann man nicht sagen, aber hitzig. Alle Donnerwetter kriegt man auf den Hals, sowie das Geringste los ist.«

»Da muss mit ihm schlecht Kirschen essen sein.«

»Wenn's Fräulein nicht wäre, so wär's noch schlimmer«, sagte der Postillion. »Im Grunde ist er auch gut, denn nach Geld fragt er nicht, und wo was zu geben ist, ist er allemal da.«

»Hat er denn so viel zu geben?«, fragte der Fremde.

»Na, er nimmt schönes Geld ein, aber übrig wird wohl nichts bleiben. Wie er im vorigen Jahre die Mühle neu baute, hat er borgen müssen. Es geht alles drauf. Wer da kommt, ist gut aufgenommen, und früher ging's noch größer her, aber das Fräulein ist jetzt an der Spitze und hält's besser zusammen.«

»Wohnt er schon lange hier?«

»An die zehn, zwölf Jahre. Er hat alles geerbt.«

»Den Acker hat er verpachtet?«

»Den hat er verpachtet, bloß die Jagd hat er behalten, denn das Jagen ist seine Sache, und darin versteht er keinen Spaß. Wenn sie ihm Holz stehlen, das kann er leichter ertragen, aber mit Wilddieben hat er kein Erbarmen. Einen hat er lahm geschossen, es ist noch nicht zwei Jahre her. Der Fuß wird dem Mathis nicht wieder grade.«

»Das ist ja ein alter Sakermenter, der Herr von Brand!«

»Er ist lange Offizier gewesen unter dem Napoleon, hat den spanischen Krieg mitgemacht und war auch in Russland. Der fragt wenig danach, wenn er in Wut ist, hinterher hat's ihm leidgetan, obwohl er freigesprochen wurde in dem Prozess, den sie ihm machten. Während Mathis im Gefängnis saß, hat er Frau und Kind von ihm erhalten, und jetzt, wo der Mathis wieder frei ist, gibt er immer noch. Es soll keiner wissen, aber es ist doch bekannt, wenn auch der Mathis schimpft. Ja, ja.«

Der Postillion nahm sein Horn an den Mund, denn der Wagen rumpelte jetzt über das Pflaster an der Torbrücke, und somit hörte das Gespräch auf, während dessen Dauer die beiden Reisenden verschiedene Blicke gewechselt hatten. Jetzt lachten sie zusammen und sprachen dabei, aber der Postillion hörte nichts davon, auch kümmerte es ihn nicht. Er fuhr zwischen den beiden alten Tortürmen die schmale krumme Straße hinauf, an der Kirche vorüber auf den Marktplatz, wo sowohl die Post wie der Gasthof »Zum roten Bären« standen, und da dieser der anerkannt beste von den dreien war, unter denen die Auswahl offenstand und die Reisenden express nach dem besten verlangt hatten, fuhr er sie dahin und blies aus Leibeskräften, sowie er um die Ecke bog.

Der Wirt kannte das Zeichen. Der Kellner lief vor die Tür, er selbst kam hinterher. Es langten nicht viele Fremde hier an, um zu übernachten, die meisten fuhren weiter, eine Extrapost wie heute war aber immer ein wichtiges Ereignis. Ein Dutzend barfüßige Jungen rannten von allen Seiten herbei, am Brunnen blieben die Mädchen stehen, und hinter den Scheiben der Fenster zeigten sich neugierige Gesichter. Vor dem Wirtshaus standen eine Menge Bauernwagen, mit Kornsäcken beladen, denn am nächsten Tage war Markt, und zur linken Seite im Hause befand sich in üblicher Weise die Schenkstube, rechts dagegen ging es in die Gastzimmer für die vornehmere Gesellschaft.

Der Wirt half den beiden Reisenden beim Aussteigen. Es war ein gemütlicher dicker Wirt von der alten Art, ohne übermäßige Höflichkeit, aber mit einem zutraulichen und herzlichen Wesen. Er sah gleich, dass er es mit Leuten zu tun hatte, die ihn in Atem setzen würden.

»Zwei Zimmer!«, sagte der schlanke Herr, welcher mit dem Postillion gesprochen hatte.

»Sehr wohl, mein Herr«, erwiderte der Wirt.

»Die besten«, fuhr der Reisende fort.

»Werden nicht ermangeln!«, sagte der Wirt.

»Sie haben doch gute Betten?«

»Ganz neue Betten.«

»Lassen Sie uns sehen«, sagte der Reisende, indem er einen misstrauischen Blick auf das Haus warf. In der Überzeugung aber, dass auf jeden Fall nichts übrig bleibe, als anzunehmen, was geboten werde, fügte er hinzu: »Lassen Sie die Koffer abschnallen und den Wagen räumen.«

»Es soll alles geschehen«, versicherte der Wirt.

»Halt! Noch einen Augenblick!«, rief der Begleiter des Reisenden, der indessen ebenfalls aus dem Wagen gestiegen war. Der Wirt blieb stehen, der Fremde griff in den Wagen und brachte einen polierten Kasten mit Messinggriff zum Vorschein, an welchem er diesen trug. Der dienstbeflissene Kellner wollte ihm den Kasten abnehmen, allein der Reisende wies seinen Beistand zurück. »Ich kann ihn selbst tragen!«, sagte er mit einer keineswegs angenehmen hohen Kehlstimme, und dass dies der Wahrheit gemäß sei, ließ sich allerdings nicht bezweifeln, denn der Fremde war groß und stark, ein gutes Stück größer als sein Gefährte. Sein Gesicht war bei Weitem nicht so angenehm wie das seines Begleiters. Es war blass und dick und hatte leblose, harte wasserblaue Augen.

Sie gingen nun alle in das Haus. Die Tür nach der Schenkstube stand offen, dicker Tabaksnebel und schallendes Gelächter drangen daraus hervor. Auf den langen Holztischen brannten ein paar Talglichter und beleuchteten Bierkrüge und schäumige Gläser, die Bänke und Schemel standen aber meist leer. Der allergrößte Teil der Gäste, in Kitteln oder Jacken, kurze Tabakpfeifen zwischen den Zähnen, hatte sich in der Mitte der Diele versammelt und bildete beinahe einen Kreis. In diesem stampfte ein Kerl auf einer Krücke umher und schrie allerlei Worte, von denen die Vorübergehenden nichts verstanden. Der dicke Reisende wandte sich unwillig davon ab, sein Begleiter aber fragte den Wirt, was das zu bedeuten habe.

»Es ist ein armer Kerl«, erwiderte dieser, »der Mäuse und Vögel abgerichtet hat, die er marschieren und exerzieren lässt.«

»Solche Vagabunden sollte man nicht dulden«, fiel der dicke Reisende ein.

Der Wirt zuckte die Achseln. »Es will doch ein jeder leben«, meinte er und setzte dann hinzu: »Einen Augenblick noch, meine Herren, gleich sollen Licht und Schlüssel bereit sein.« Mit diesen Worten lief er in die Gaststube.

»Da sind wir in eine schöne Höhle geraten«, bemerkte der dicke Reisende.

»Es bleibt nichts anderes übrig«, entgegnete sein Gefährte. »Dergleichen alte Häuser sind oft besser, als sie aussehen.«

»Das ganze Ding ist von Holz und Fachwerk«, fuhr der Dicke bedenklich fort, »wenn Feuer entsteht, sind wir verloren.«

»Umso vorsichtiger müssen wir sein«, antwortete der andere, indem er seine Augen schelmisch blitzen ließ.

Der Wirt kam mit Schlüsseln und Licht zurück und ersuchte seine Gäste, die Treppe hinaufzusteigen. Sie war breit und von altertümlicher Form.

»Die ist noch aus der alten Zeit«, sagte der Schmale.

»An hundert Jahre alt«, versicherte der Wirt. »Jetzt machte man drei Treppen davon.«

»Aber solch altes Haus kann plötzlich einstürzen.«

»Das steht fest wie Eisen«, beteuerte der Wirt. »Ich will Ihnen jedoch lieber Zimmer in dem neuen Anbau geben, den habe ich im vorigen Jahre massiv gebaut.«

»Das ist gut!«, rief der Dicke.

»Dann bitte ich noch eine Treppe höher zu steigen.«

»Zwei Treppen hoch wohne ich niemals!«, rief der dicke Reisende mit Entschiedenheit.

»Es sind hohe geräumige Zimmer«, versicherte der Wirt, »auch sind sie ganz neu tapeziert und ausgestattet.«

Der Fremde nahm darauf keine Rücksicht, er wiederholte, dass er niemals zwei Treppen hoch wohnen würde, der Wirt musste somit die Zimmer im alten Hause aufschließen, allein er hatte auch hier noch Einsprüche in Empfang zu nehmen. Der Fremde wollte kein Zimmer nehmen, welches nach beiden Seiten Türen besaß, die in Nebenzimmer führten. Er verlangte eines mit festen Wänden oder doch höchstens mit einer Seitentür, und ein solches wurde zuletzt auch von ihm gewählt, obwohl es die wenigsten Bequemlichkeiten bot.

Die Koffer, Mäntel und alles Reisegerät aus dem Wagen wurden nun herbeigebracht, und der Dicke untersuchte vorsichtig, ob nichts fehle oder beschädigt sei, während sein Reisegefährte das große Nebenzimmer in Besitz nahm, das Bett einer kurzen Betrachtung würdigte, sich dann aber gleichgültig auf dem Sofa ausstreckte und eine Zigarre anzündete. In dieser Lage hörte er zu, wie sein Freund allerlei Fragen über die Sicherheit des Hauses und der Gegend an den Wirt richtete und wie dieser darauf in bestimmter Weise beteuerte, dass keinem seiner Gäste jemals etwas gestohlen, auch niemals Feuer ausgebrochen sei, von Gewalttaten aber überhaupt selten einmal etwas vernommen werde.

Als der Wirt hinaus war, nahm der dicke Fremde das Licht, leuchtete unter das Bett, dann in die beiden Schränke und in verschiedene Winkel, und als er diese Musterung beendet, trat er zufriedengestellt zu seinem Begleiter herein, der ihn durchaus nicht gestört hatte. »Ich finde, dass du recht hast«, sagte er, »wir sind hier besser aufgehoben, als ich dachte. Es sieht reinlich aus, die Betten sind gut und die Preise, nach denen ich mich erkundigt habe, mäßig.«

»Gestohlen wird auch nicht, gemordet noch weniger, und an Verbrennen ist kein Gedanke«, lachte sein Freund.

Der Dicke schien erschrocken. »Male den Teufel nicht an die Wand«, sagte er, »ich kann dergleichen nicht hören.«

»Dieser Wirt sieht wie die Ehrlichkeit selbst aus.«

»Man kann keinem Menschen ins Herz blicken«, versetzte der dicke Reisende, »und gerade diejenigen, die so aussehen, als könnten sie kein Wasser trüben, sind die allerschlimmsten.«

»Aber dann kann man niemand trauen!«

»Was das anbelangt, so traue ich auch niemandem, das heißt«, fügte der Dicke hinzu, »wo ich nicht bestimmt weiß, dass ich sicher bin, ganz sicher wie bei dir.«

»Umso größere Ehre für mich.«

»Du bist mein Freund, das weiß ich, und du bist ein gescheiter Kerl, das weiß ich auch. Ich bin froh, dass ich dich mitgenommen habe, und wenn alles gut geht, so –«

»So wirst du noch viel mehr mein Freund sein.«

»Darauf kannst du dich verlassen. Aber was fangen wir jetzt an?«

»Zunächst werden wir Erfahrungen sammeln, womit dieser ehrliche Wirt uns vor dem Verhungern retten kann.«

»Richtig – wir wollen essen!«

Nach einigen Unterhandlungen und nachdem der dicke Reisende noch einmal alle Schlösser untersucht, auch seine Kassette in den Schrank gesetzt und diesen doppelt verschlossen hatte, gingen sie beide in das Speisezimmer hinunter, wo der Wirt inzwischen längst angelangt war. Im vorderen Teil des großen Gastzimmers brannte eine Hängelampe mit breitem Schirm über einem runden Tisch, auf welchem verschiedene Tagesblätter und mehrere Zeitungen lagen; im Hintergrund stand eine gedeckte Tafel.

Es war im Augenblick niemand in dem großen Zimmer als ein Herr, der an dem Zeitungstische lesend saß, und der Wirt, der seinen Meerschaumkopf rauchte, auf und ab ging und dabei plauderte und lachte.

»Ich möchte bloß wissen, was er in dem Kasten hat«, sagte er. »Es muss viel Geld darin sein.«

»Ist er denn schwer?«, fragte der Herr am Tische.

»Wie Karl ihn nehmen wollte, hat er sich ganz leicht angefühlt.«

»Es mögen wertvolle Papiere darin sein.«

»Es ist überhaupt ein sonderbarer Herr.« Der Wirt lachte. »Er sieht aus wie ein Riese, aber der Zwerg, den er bei sich hat, hat sicherlich zehnmal mehr Courage!«

»Einen Zwerg hat er bei sich?«

»Ein Zwerg ist es natürlich nicht, ich meinte nur so«, sagte der Wirt, »wenn ich sie beide vergleiche. Es ist ein hübscher schlanker Mann. Hände hat er so weiß wie ein Mädchen, aber bei alledem –«

Hier hielt er inne, denn eben traten die beiden Männer herein, über welche er sein Urteil gefällt hatte, und der dienstfertige Wirt eilte sogleich zur Stelle, um nach ihren Wünschen zu fragen. Er pries ihnen Entenbraten und Rebhühner an und lächelte wohlgefällig, als der Schlanke beides zu versuchen gelobte und in einem Atem hinterher Salat, Eier, Brot und Wein forderte. Der Riese dagegen begehrte zunächst nur eine Suppe, und der Wirt nickte beim Hinausgehen dem Herrn am Zeitungstische zu mit einer Miene, in welcher deutlich zu lesen war, was sie bedeuten sollte. Der Herr hatte den Kopf aufgehoben, die beiden Fremden angesehen und seine Augen wieder auf das Zeitungsblatt gesenkt. Dann sah er noch einmal hin, und es schien ihm wahr, was der Wirt sagte, er musste es zugeben. Der jüngere, schlanke Reisende gefiel auch ihm ungleich besser als der schwerfällig Gebaute mit dem groben Gesicht, das nach ihm hinstarrte. Dieses Angaffen verdross ihn, seine Stirn zog sich mit einer unangenehmen Empfindung zusammen. Er machte eine Bewegung auf seinem Stuhl nach der anderen Seite und blickte sich nicht mehr um.

Die beiden Fremden unterhielten sich inzwischen laut und ungezwungen. Der Schlanke hatte sich an den Tisch gesetzt, ein Stück Brot abgeschnitten und machte lustige Bemerkungen über seinen Hunger und seine Esslust. Der Große ging auf und ab und mit knarrenden Stiefeln dicht bei dem Herrn am Tische vorbei, sodass auf dessen Zeitungsblatt mehrmals sein Schatten fiel, der ihn am Lesen hinderte. Der Herr sagte nichts dazu, aber man sah ihm an, wie wenig es ihm gefiel. Es war ein kräftig gebauter Mann mit mächtigem Kopf über breiten Schultern; feste, markige Züge, bewegliche Augen und ein stark gebräuntes Gesicht kündigten kein besonders sanftes Gemüt an. Das grauende Haar stand kurz abgeschnitten auf seiner hohen Stirne.

Als er zum dritten Mal am Lesen behindert wurde, verlor er die Geduld. »Das ist nicht auszuhalten!«, sagte er aufblickend.

Der Fremde blieb stehen. »Wie meinen Sie?«, fragte er mit seiner Fistelstimme.

»Ich meine, Sie sind mir im Wege«, antwortete der Herr, und sein Blick war derartig streng, dass der Fremde davor erschrak.

Er machte Platz, sagte aber, indem er fortging: »Dies ist eine Gaststube, wie ich denke. Ich weiß nicht, ob es hier Vorrechte gibt?«

»Vorrechte gibt's nicht«, erwiderte der Herr am Tische, »doch wer mir im Wege steht, den schaffe ich fort –«« Hiermit brach er ab und wandte den Kopf nach der Tür, die soeben geöffnet wurde.

Derselbe Mensch mit der Krücke, welcher die Bauern in der Schenkstube vergnüglich unterhalten hatte, stampfte herein. Er hielt seine Mütze demütig in der Hand, mit der anderen trug er einen Kasten.

Sobald der Zeitung lesende Herr am Tische ihn erblickte, streckte er seinen Arm befehlend aus und lieferte für seinen eben ausgesprochenen Grundsatz sofort den Beweis. »Hinaus!«, rief er rau und laut dem Krüppel zu. »Packe dich auf der Stelle!«

Der Bursche schien überrascht, doch nicht so eingeschüchtert, um ohne Widerrede sich zu fügen. Es ging ihm beinahe wie dem Fremden, der von dem heftigen Herrn angefahren wurde. Seinem langen hageren Gesicht fehlte es nicht an einem Ausdruck von Verstand und Schlauheit, und in seinen Augen blitzte etwas, das noch schlimmer aussah. Indem er an seinen Rückzug dachte, weil er sich nicht offen zu widersetzen wagte, lag in seinen Mienen doch jedenfalls die Lust dazu, und seine trotzigen Blicke richteten sich jetzt hilfefordernd auf die beiden Fremden.

»Hätte ich das gewusst«, sprach er dabei wie zu sich selbst, »so wäre ich sicherlich nicht hereingekommen, aber ich dachte, es könnte hier wohl jemand sein, der einem verkrüppelten Menschen sein Stückchen Brot gönnte.«

Diese Aufforderung war nicht vergebens. Die beiden Reisenden hatten ganz natürlich diesem Auftritt ihr volles Interesse zugewandt, und sicher um sich an dem unhöflichen Herrn zu rächen, erhob der Große seine dünne Stimme und fragte den Krüppel: »Was habt Ihr in dem Kasten, Freund?«

»Zahme, abgerichtete Vögel, lieber Herr«, antwortete der Lahme erfreut. »Meisen und Hänflinge, lieber Herr, die sich ihr Futter heraufziehen. Dabei habe ich auch weiße Mäuse, die auf den Hinterbeinen stehen können und mit einem Stöckchen exerzieren.«

»Also ein Künstler!«, lachte der Schlanke von der Tafel her. »Die Kunst muss in Ehren gehalten werden, wenn sie auch nach Brot geht!«

»Komm her und zeige uns, was du hast«, winkte der Dicke, »wir wollen deine Künstler beschauen!«

Der Lahme setzte seine Krücke in Bewegung, allein sowie er sich anschickte, dem Rufe Folge zu leisten, war der Herr vom Zeitungstische auch bei der Hand. »Wenn du nicht sofort dich von hinnen packst«, sagte er mit gewaltsamer Ruhe, »so soll's dich reuen!«

»Ich tue nichts Unrechtes«, erwiderte der Lahme. »Die Herren rufen mich. Es ist mein ehrliches Gewerbe.«

»Spitzbube!«, murmelte der Herr verständlich genug.

»Wer mich zum Krüppel gemacht hat, der hat's zu verantworten, was ich bin!«, rief der Lahme.

Der gewaltige Kopf seines Widersachers wurde noch röter und schien im Zorn anzuschwellen. »Wirst du gehen?«, fragte er, indem er die Zeitung fortwarf.

Der Lahme schwankte in seinen Entschlüssen und blieb stehen. Er war schlau genug, um abzuwarten, was diejenigen tun würden, welche die Sache ebenfalls anging, und darin täuschte er sich nicht.

»Aber ich sehe doch wirklich nicht ein«, wandte sich der Grobschlächtige an seinen Freund, »mit welchem Recht uns hier befohlen wird, Vögel und Mäuse nicht ansehen zu dürfen?«

»Vielleicht ist es eine zärtliche Fürsorge des verehrten Herrn für unsere Gesundheit, weil wir sie in unserem Hunger verschlingen könnten!«, lachte der Schlanke.

»Lassen Sie sich von dem Kerl zeigen, was Sie Lust haben«, sprach der Herr am Zeitungstische, »aber nicht hier. Hier soll er nicht sein!«

»Das ist ja sonderbar!«, schrie der mit der dünnen Stimme.

»Es ist wahrscheinlich ein Verbot der allergnädigsten hohen Obrigkeit!«, spottete sein Begleiter.

»Das mag sein«, versetzte der Herr, indem er aufstand und seine hohe stattliche Gestalt aufrichtete. »Die Obrigkeit duldet keine solchen Subjekte, und hierher gehören sie nicht.« Indem er dabei dem Lahmen näher trat, warf er ein Geldstück in dessen Mütze.

Diese Großmut hatte jedoch nicht den Erfolg, welcher davon zu erwarten war. Mit einem raschen Griff packte der Krüppel das Geld und warf es mit einem höhnischen »Verflucht!« von sich, dass es weit durch das Zimmer rollte.

»Bestie!«, schrie der Herr, voller Zorn nach dem schweren Stock fassend, der an seinem Stuhl lehnte. Doch ehe er die gewalttätige Handlung, welche er beabsichtigte, ausführen konnte, trat ein Mann herein, der sie verhinderte. Er schien sofort zu begreifen, was hier vorging, und indem er zwischen den Lahmen und den Angreifer trat, schützte er jenen und hinderte zugleich diesen. Sein Erscheinen und seine Einmischung hatte jedoch die Folge, dass der Herr selbst den Stock sinken ließ und sich ruhig verhielt.

»Was hast du wieder getan?«, fragte den Lahmen sein Beschützer.

»Ich habe nichts getan.«

»Aber du hast vergessen, was du mir versprochen hattest.«

»Ich will mich nicht wie ein Hund treten lassen!«, schrie der Vogelfänger mit einem wilden erbitterten Blick auf den Herrn am Tische.

»Geh«, erwiderte der andere in mildem Ton, »sei verständig und denke –« Er setzte ein paar geflüsterte Worte hinzu, nach welchen der Lahme sich umwandte, seinen Kasten ergriff und das Zimmer verließ.

Der Friedensstifter sah die beiden Fremden an und machte ein paar Schritte nach deren Tische zu. Er trug einen dunklen Oberrock, in dem er lang und schmal aussah, und den Hut auf dem Kopf, unter welchem ein Gesicht mit scharf geprägten Zügen hervorschaute. Die Nase herrschte darin vor. Die Ruhe in seinen Augen und Mienen und der biegsame Klang seiner Stimme bildeten einen vollständigen Gegensatz zu der rauen Heftigkeit, welche der Herr am Zeitungstische zur Schau getragen hatte.

»Es ist spät geworden«, wandte er sich nun an diesen, »ich wurde verschiedentlich aufgehalten.«

»Wir können gehen«, antwortete der Herr. Sein Hut hing am Riegel, er musste dicht an der Tafel vorbei, an welcher die beiden Fremden saßen. Als er sich ihnen gegenüber befand, wandte er seinen erhitzten Kopf ihnen zu und nach einem augenblicklichen Bedenken blieb er stehen und sagte höflich: »Ich bitte um Entschuldigung, meine Herren, wenn ich Sie belästigt habe.«

Als er keine Antwort darauf erhielt, fügte er hinzu: »Ich habe einige Gründe, diesen Kerl nicht in meiner Nähe zu dulden.«

»Und Sie verstehen das«, erwiderte der Dicke. »Aber man muss nicht allzu unduldsam sein.«

»Jeder nach seiner Weise«, antwortete der Herr, dem, was er hörte, nicht zu gefallen schien. »Im Übrigen kann mich jeder finden, der mich sucht. Ich heiße Brand. Leben Sie wohl!«

Seine herausfordernden Worte passten zu der stolzen Haltung, in welcher er sich entfernte.

»Und ich heiße Wilkens!«, schrie der Fremde mit der dünnen Stimme hinter ihm her.

Der Herr war schon an der Tür, aber er hielt inne und schien von dem Namen betroffen zu sein. Er sah den Fremden scharf und starr an. Einen Augenblick lang war es, als wolle er umkehren, aber er tat es nicht, wandte sich ab und ging hinaus.

»Was zum Henker!«, rief Herr Wilkens, als er mit seinem Freunde allein war. »Das war er also!«

»Ich habe es mir gedacht«, nickte der andere, indem er sich ein neues Stück Brot absäbelte.

»Das ist ein wirklicher Höllenbrand, wie mein Vater ihn nannte«, sagte Herr Wilkens.

»Wir wollen schon mit ihm fertig werden«, versetzte sein Freund, behaglich weiter schneidend. »Wenn unser Rebhuhn mit unserem liebenswürdigen Wirt nur erst kommen wollte!«

»Ich habe einen Widerwillen gegen ihn gefasst, sowie ich ihn sah«, murmelte Wilkens, »und obenein«, er nahm das Licht vom Tische und leuchtete durch die Stube bis in eine Ecke, wo er sich bückte und das Geldstück aufnahm, das der Lahme fortgeworfen hatte, »obenein ist er ein Verschwender. Ein Achtgroschenstück hat er dem Vagabunden gegeben. Wahrhaftig, es ist ein Achtgroschenstück!«

»Wir wollen ihm manches andere dafür abnehmen, teurer Freund. Aber wenn wir nicht bald unsere bescheidene Nahrung erhalten, werden wir vorher verhungern.«

»Umstände werde ich nicht mit ihm machen, Rachau«, sagte Wilkens, indem er das Geldstück in seine Westentasche steckte.

»Es ist mir so vorgekommen, als ob er auch kein Freund von Umständen wäre.«

»Aber ist es nicht sonderbar, wie er uns unerwartet in den Weg laufen muss?«

»Es ist höhere Fügung, mein lieber Freund Wilkens. Der Himmel ist sichtbar mit uns. Er segnet deine gerechte Sache. Ich bin vollkommen überzeugt, dass dieser göttliche Segen dich begleiten wird.«

Das blasse schlaffe Gesicht des Herrn Wilkens hob sich höhnisch auf: »Hast du gesehen, wie er mich anglotzte, als er meinen Namen hörte? Es ist mir jetzt leid, dass ich ihn nicht verschwiegen habe, morgen wäre seine Überraschung umso größer gewesen.« Er stützte den Arm auf den Tisch und fing an zu lachen.

»Morgen ist er – oder wir machen ihn – höflich«, sagte Rachau.

»Und was war das für ein Mensch, der hereinkam und ihn fortführte?«

»Das war der Lehrer, der Schulmeister, von dem der Postillion sprach«, antwortete Rachau. »Jeder Zoll ein Schulmeister! Vor dem haben wir uns in Acht zu nehmen!«

»Wieso?«

»Ich habe so eine Ahnung, als ob dieser Bursche Gras wachsen hört und Kamele verschluckt und als ob er – Holla! Da kommt unser verehrter Wirt und bringt uns, was wir nötig haben!«

Der Wirt trat mit Wein und Speisen herein und beendete damit das Gespräch des ungleichen Freundespaares.

Am Morgen darauf ging Herr von Brand in seinem Zimmer auf und ab. Die Pfeife wollte ihm nicht schmecken, sie war ihm mehrmals schon ausgegangen, und die große Kaffeetasse stand noch halb gefüllt auf dem Tisch, was sonst selten der Fall war. Es bewegten ihn Gedanken, die er nicht loswerden konnte, und angenehme schienen es nicht zu sein, das war aus seiner düstren Miene zu schließen. Von Zeit zu Zeit blieb er am Fenster stehen und blickte nach der Stadt hinaus auf die Landstraße. Er konnte nicht weit blicken, denn das Haus lag hinter einem Vorhof, den eine Mauer umgab. Es schien jedoch, als ob er jemand erwartete und als ob seine Unruhe sich vermehrte, je länger er nichts entdecken konnte.

Die Zimmertür öffnete sich, und ein großes schlankes Mädchen trat ein, das ihm freundlich einen Guten Morgen bot.

»Guten Morgen, Luise«, erwiderte der Vater. »Wo ist der Doktor?«

»Er sitzt mit Toni am Klavier. Soll ich ihn rufen?«

»Lass ihn sitzen«, sagte Herr von Brand.

»Er gibt sich viel Mühe mit ihr«, fuhr die Tochter fort, »und sie macht recht gute Fortschritte.«

»Er gibt sich überhaupt viele Mühe«, antwortete er übel gelaunt. »Wie lange ist er jetzt hier?«

»Es wird fast ein Jahr sein. Aber du hast deinen Kaffee noch nicht ausgetrunken, lieber Vater!«

»Er schmeckt mir nicht, er taugt nichts.«

»Aber ich habe ihn selbst zubereitet«, erwiderte sie lächelnd.

Herr von Brand ging auf diesen Gegenstand nicht weiter ein. Er ging weiter unruhig auf und ab. »Wann denkt der Doktor uns zu verlassen?«, fragte er plötzlich unvermittelt.

»Will er uns denn verlassen?«, entgegnete Luise überrascht.

»Ich weiß es nicht«, rief er in gereiztem Ton, »warum bleibt er überhaupt bei uns?« Er blieb vor seiner Tochter stehen und sah sie an. »Er ist deines Bruders Freund«, fuhr er fort, »er hat ihn zu uns gebracht, damit er sich nach seiner Krankheit auskuriere. Jetzt fehlt ihm nichts mehr. Ein Mann von seinen Kenntnissen gehört an eine Schule, an eine Universität. Ein Mädchen von zwölf Jahren zu unterrichten und mit einem von zwanzig Jahren Musik zu machen, Bücher zu lesen und spazieren zu gehen, dazu ist er nicht bestimmt.«

»Würdest du ihn nicht auch sehr vermissen, wenn er uns verlässt?«, fragte Luise, deren Gesicht sich allmählich immer deutlicher gerötet hatte.

»Allerdings, wir würden ihn alle vermissen«, sagte Herr von Brand, »aber es muss sein. Was hast du schon bei ihm gelernt?«

»Französisch und Englisch«, antwortete Luise, der jetzt die helle Röte ins Gesicht gestiegen war.

»Und andere Torheiten«, rief der Vater rau und laut.

»Lieber Vater«, sagte Luise freundlich, aber nicht ohne Nachdruck, »Doktor Gottberg ist, soweit ich ihn kenne, ein sehr achtenswerter Mann, der keinen Torheiten anhängt. Wir haben ihn stets verständig und gut gefunden, und du selbst hast mir erst gestern gesagt, wie du dich freust, ihn im Haus zu haben. Wie kommt es denn nun –«

»Da ist er!«, rief Herr von Brand, sie unterbrechend, und trat rasch vom Fenster zurück.

»Der Doktor?«, fragte Luise, aber sie merkte sogleich, dass ihr Vater einen anderen meinte.

Am Tor waren die beiden Fremden aus dem Gasthaus erschienen, welche sich jetzt, miteinander sprechend und das Haus betrachtend, näherten. Luise wusste nichts von dem, was am Abend zuvor im Gastzimmer des »Roten Bären« vorgefallen war, denn weder Herr von Brand noch der Doktor Gottberg hatten darüber gesprochen, und so war sie nicht imstande zu erraten, wer die beiden sein könnten und was sie wollten. Sie warf einen Blick auf sie und fragte: »Kennst du die Herren, Vater?«

»Führe sie nur herein«, antwortete er hastig. »Sie sind mir nicht unbekannt, ich habe ihren Besuch erwartet. Mehr davon nachher, mein Kind. Geh ihnen entgegen, zeige ihnen, wo ich zu finden bin. Halt – und noch eins! Lass das rote Zimmer aufschließen und die Betten in Ordnung bringen!«

»Das rote Zimmer? Für die beiden Besucher?«

»Du verstehst mich doch! Ich spreche deutlich genug«, entgegnete Herr von Brand gereizt.

Luise hörte es wohl, verstand es aber doch nicht. Das rote Zimmer war das beste von allen. Warum sollten diese beiden Fremden so ausgezeichnet werden? Sie langte im Flur des Hauses an, eben als die Fremden eintraten.

»Wünschen Sie meinen Vater zu sehen?«, erwiderte sie deren Gruß.

»Fräulein von Brand?«, antwortete der größere der beiden, indem er sie anstarrte und das aufgedunsene Gesicht zu einem Lächeln verzog.

»Mein Vater ist in seinem Zimmer, ich werde Sie zu ihm führen«, sagte Luise und ging den Gästen voran.

»Hübsch!«, sagte Herr Wilkens seinem Freund ins Ohr. »Sie gefällt mir.«

»Mir auch«, antwortete Rachau, »aber wahrscheinlich geht's anderen Leuten ebenso.«

Herr von Brand machte die Tür auf und kam seiner Tochter entgegen. »Herr Wilkens!«, rief er. »Ich konnte es mir denken. Treten Sie herein, seien Sie mir willkommen.«

»Sie sagten gestern«, antwortete Wilkens, indem er näher trat, »es könne Sie ein jeder finden, und so habe ich mir die Freiheit genommen, Sie zu suchen.«

»Sie heißen also Wilkens?«, fragte der Major.

»Eduard Wilkens.«

»Und sind der Sohn des Herrn Emanuel Wilkens.«

»So steht es in meinem Taufschein, den ich mitgebracht habe.«

»Lassen Sie ihn stecken«, erwiderte Herr von Brand, »ich sehe es an der Ähnlichkeit. Gestern konnte ich mich nicht gleich darauf besinnen, an wen mich diese Ähnlichkeit erinnerte. Nachdem ich Ihren Namen gehört hatte, fiel es mir ein.«

»Oho«, sagte Eduard Wilkens, seine kalten Augen auf sein Gegenüber heftend, indem er lachte. »Sie erinnern sich da an alte Geschichten!«

Das Antlitz des Majors rötete sich. »Dieser Herr«, fragte er, ohne auf die Bemerkung einzugehen, »ist ein Verwandter?«

»Nein, mein lieber Herr von Brand, oder mein lieber Vetter, sollte ich eigentlich sagen, dies ist mein bester Freund. Ich stelle Ihnen Herrn von Rachau vor, Philipp von Rachau, vor dem ich keine Geheimnisse habe.«

Der Major verbeugte sich und deutete auf das Sofa. »Nehmen Sie Platz, meine Herren, es ist mir eine Freude, Sie bei mir zu sehen.«

»Das ist nicht wahr«, flüsterte Wilkens, während der Major zur Klingelschnur ging und einige Male schellte. »Mir ist es aber gleichgültig!«

Der Major ließ Wein und Speisen bringen, setzte sich zu seinen Gästen und hatte bald eine lebhafte Unterhaltung in Gang gebracht, zu der die Gläser klangen. Er war kein Mann von langen Umschweifen, und so kam er denn auch bald dahin, wo er sein wollte. Nach manchen allgemeinen Fragen, auf welche er vernommen hatte, dass Herr Eduard Wilkens mehrere Jahre im Ausland gelebt, dass er seinen Freund Rachau in Paris kennengelernt und den Sommer über in seiner Gesellschaft verschiedene Bäder bereist hatte, dass er Homburg jedoch allen anderen Bädern vorziehe, weil es da am vergnüglichsten zugehe, stellte der Major fest, aus alldem lasse sich schließen, dass Herr Wilkens, wie dessen Anwesenheit in seinem Hause beweise, doch nun wohl zu der Ansicht gekommen sei, es lasse sich mit der Heimat nichts vergleichen.

»O nein«, erwiderte Wilkens, »mir schmeckt das bunte Leben besser. Sie würden doch wohl auch lieber in Paris oder Baden-Baden leben, als hier in diesem abgeschiedenen Winkel!«

»Obwohl ich weit in der Welt herumgekommen bin«, entgegnete der Major, »möchte ich diesen Winkel nie mehr verlassen. Jetzt gilt mir dieses Fleckchen Erde mehr als alle Buntheit der Welt.«

»Darin denken wir anders«, lachte Eduard Wilkens. »Ich wäre noch länger fortgeblieben, aber ich musste nach Haus zurück. Sie haben noch nicht nach meinem Vater gefragt.«

Der Major hatte dies allerdings nicht getan, obwohl eine höfliche Erkundigung nahegelegen hätte. Auch jetzt, wo er geradezu daran erinnert wurde, schien es ihm schwer zu werden, denn er antwortete nur mit einem stummen kalten Neigen seines Kopfes.

»Nun, mein Vater ist tot«, sagte Wilkens.

»Tot!«, wiederholte der Major überrascht, doch ohne besondere Teilnahme.

»Vor zwei Monaten schon. Es ging schnell mit ihm, ein paar Tage nur war er krank. Ich bekam ein Telegramm in Homburg, musste also Hals über Kopf nach Hause.«

»Sie fanden ihn nicht mehr am Leben?«

»Nein, alles versiegelt und verriegelt, ich hatte Not, in mein eigenes Haus zu kommen. Nun, es regelte sich alles. Geschwister habe ich nicht, nahe Verwandte auch nicht, Streit um die Erbschaft konnte es also nicht geben. Es ist mir gestern Abend eingefallen, und ich sagte es auch zu Rachau, dass Sie eigentlich mein nächster Verwandter sind.«

»Ich bin nicht so gut informiert«, sagte der Major, »indes würde in diesem Fall nicht ich, sondern würden meine Kinder Ihre Erben sein.«

»Oho! In welchem Fall?«, fragte Eduard Wilkens.

»Ich meine, im Falle Ihres Todes.«

»Meines Todes!« Sein schlaffes Gesicht wurde noch blasser, er schüttelte sich widerwillig. »Wie können Sie auf meinen –«, er konnte das Wort nicht aussprechen. »Ich bin sehr gesund, lieber Vetter!«

Den Major schien die Furchtsamkeit seines Verwandten zu belustigen. »Der Tod kommt zuweilen, ehe man es denkt«, sagte er.

»Wir aber wollen leben!«, rief Wilkens, sein Glas erhebend. »Stoßen Sie an, lieber Vetter. Es stimmt, Ihre Kinder würden erben, das heißt, wenn ich jetzt so hinwegmüsste. Inzwischen hoffe ich, dass ich noch Zeit genug habe.«

»Das wollen wir wünschen.«

»Und dass ich selbst noch für Erben sorge! Oho – dann ist es mit Ihrer Erbschaft aus«, fuhr er fort, den Major mit seinen grauwässerigen Augen dreist und unverschämt anblickend, »und ich gedenke schon, dafür zu sorgen, wenn es mir gefällt.«

Herr von Brand antwortete nicht darauf, er trommelte mit den Fingern auf den Tisch.

»Mein lieber Vetter, ich denke, Sie verstehen, was ich sagen will«, fuhr Wilkens weiter fort.

»Ich kann kaum annehmen, dass Sie zu mir gekommen sind, um mir das zu sagen«, erwiderte der Major kalt.

»Zu Ihnen gekommen? Nun, im Grunde ja«, sagte Wilkens, »ich bin gekommen –«, er stockte und blickte sein Gegenüber prüfend an, »ich habe von dem Testament eigentlich nichts gewusst, aber als ich mit Rachau meines Vaters Papiere ordnete, fanden wir die Abschrift, das heißt die gerichtlich beglaubigte Abschrift, an der nichts abzuleugnen ist.«

Die Miene des Majors verdüsterte sich. »Glauben Sie, dass ich etwas ableugnen will?«, fragte er scharf.

Wilkens erschrak vor dem Ton und den Blicken. »Nein, nein«, versetzte er eilig, »aber wir brauchen uns doch nicht zu ereifern!«

Philipp von Rachau war bis jetzt ein schweigsamer Zuhörer gewesen, als er jedoch sah, dass sich die Miene des Majors noch mehr verfinsterte, mischte er sich ein. »Vergeben Sie mir« begann er höflich und gewandt, »wenn ich für meinen Freund das Wort nehme, der von den besten Absichten geleitet wird, wie ich Ihnen versichern darf. Der Gegenstand ist allerdings dem Anschein nach peinlich, allein, die Schuld liegt nicht bei ihm, und was ich von der ganzen Angelegenheit weiß –«

»Erlauben Sie mir«, unterbrach ihn Herr von Brand, »dass ich Ihnen beiden aufrichtig und einfach mitteile, wie sich alles verhält, und Ihnen zugleich meine Ehre verpfände, dass kein unwahres Wort darin ist. – Ich bin hier in der Nähe geboren und kam nach den Kriegen, an denen ich teilgenommen habe, hierher zurück und verheiratete mich.«

»Mit meiner Cousine Johanna Werder, welche die Gesellschafterin und Pflegerin meiner Tante Rotenbaum war, der das Gut hier gehörte und die überhaupt ein ansehnliches Vermögen besaß«, fiel Wilkens ein.

»Wenn Sie erzählen wollen, so kann ich schweigen«, sagte der Major unmutig.

»Du würdest wohltun, Herrn von Brand ruhig anzuhören«, fügte Rachau hinzu.

So zurechtgewiesen, lehnte sich Wilkens in die Polster, kreuzte seine Arme über der Brust und ließ den Major fortfahren.

»Die Tante meiner Frau war eine sehr eigenwillige alte Dame, mit der schwer auszukommen war, und ich kann versichern, dass ich bis an ihr Ende nichts vom genauen Inhalt ihres Testamentes wusste. Sie hatte es mehrmals umgestoßen und erneuerte es noch kurz vor ihrem Tode. Hätte ich gewusst, wie sie es abgeändert hat, so hätte ich alles getan, um sie davon abzubringen.«

Wilkens machte ein höhnisches Gesicht, sagte jedoch nichts.

»Die Tante besaß einen näheren Erben als meine Frau«, fuhr Herr von Brand fort, »einen Bruder –«

»Meinen Vater«, murmelte Wilkens.

»– mit dem sie jedoch seit langer Zeit sich entzweit und verfeindet hatte. Der reiche Mann besaß ein großes Geschäft. Sie hatten sich lange nicht mehr gesehen und alle Verbindungen abgebrochen. Die Tante behauptete, von ihm in Vermögenssachen übervorteilt worden zu sein.«

»Das ist nicht wahr!«, rief Wilkens mit seiner hohen Stimme.

»Ich weiß es nicht, doch jedenfalls war dies die Ursache ihrer Feindschaft. Stellen Sie sich nun mein Erstaunen vor, als sich bei der Testamentseröffnung herausstellte, dass meiner Frau und meinen Kindern zwar das gesamte Vermögen zufallen sollte, dabei jedoch die Bedingung angehängt war, dass meine Tochter Luise den Sohn des Herrn Emanuel Wilkens heiraten sollte, im Falle sich dieser vor ihrem zurückgelegten zwanzigsten Jahr als Freier meldete und ihre Hand begehrte.

Bei Verweigerung von ihrer oder meiner Seite aber sollte ihm aus der Erbschaftsmasse ein Kapital von zwanzigtausend Talern ausgezahlt werden.«

»Ihre Mitteilung stimmt vollkommen mit dem Inhalt der Testamentsabschrift überein«, sagte Rachau. »Ein Punkt nur bleibt ungewiss, nämlich der, ob infolge dieses sonderbaren Testaments die ausgeworfene Entschädigungssumme gerichtlich sichergestellt wurde?«

»Dies ist nicht der Fall gewesen«, erwiderte der Major. »Was bedeutet Ihre Frage?«

»Sie hat lediglich den Grund, dass in dem Testament darüber nichts enthalten ist«, sagte Rachau in seiner verbindlichen Weise.

Der heftige alte Soldat antwortete darauf ruhiger: »Es wurde nicht nötig, eine Frage daraus zu machen, denn als Herr Emanuel Wilkens damals hier anlangte, war er über diese Testamentsklausel so aufgebracht und sein Benehmen so übermäßig heftig, dass wir arg aneinandergeraten sind.«

»Das war nicht sehr klug von ihm«, lächelte Philipp von Rachau.

»Er beleidigte uns in der empörendsten Weise«, fuhr Brand fort, sich noch in der Erinnerung erhitzend. »Er beschimpfte sowohl die Tante wie auch meine Frau, er verleumdete uns als Erbschleicher und verschwor sich, dass sein Sohn von diesem verfluchten Testament niemals Gebrauch machen werde, lieber –« Er hielt inne und sagte gelassen: »So reiste er denn wieder fort, und ich habe kaum mehr von ihm gehört. Alles geriet in Vergessenheit.«

Es entstand eine Pause. Rachau schlürfte den Wein aus seinem Glas und sagte dann verbindlich und freundlich wie immer: »Wie alt ist jetzt Ihr Fräulein Tochter?«

»Es fehlen ihr einige Monate an zwanzig Jahren.«

»Es ist somit ein eigentümliches Zusammentreffen, dass Eduard Wilkens durch seines Vaters Tod eben jetzt zurückgerufen wurde und die Abschrift dieses sonderbaren Testaments finden musste, von dem er nichts wusste, denn der alte Herr hat in der Tat darüber geschwiegen.«

»Seltsam, allerdings seltsam«, murmelte der Major.

»Ich glaube an solche Vorbestimmungen«, fuhr Rachau fort, »und hier finde ich ein ganz besonderes Schicksalswalten darin, da mir scheint, dass eine versöhnende Macht hier tätig ist. Eben dadurch auch wurde mein Freund Wilkens so lebhaft angetrieben, Ihnen seinen Besuch zu machen.«

»Und was ist Ihre Absicht dabei, Herr Wilkens?«, fragte der Major in seiner gradlinigen Weise.

»Meine Absicht! Lieber Vetter, bei Gott – ich habe die besten Absichten«, antwortete Wilkens, ihm die Hand hinstreckend.

Der alte Soldat ergriff die Hand, die ihm geboten wurde, und in der Erregung des Augenblicks vergaß er alles Vergangene.

»Sie wollen also meine Tochter kennenlernen und wollen, wenn es sein kann, das Testament wahrmachen?«

»Das will ich, wenn ich nicht abgewiesen werde.«

»Gut«, sagte Brand, »versuchen Sie, was sich tun lässt, ich will und kann Sie nicht hindern. Ich habe mir schon während der Nacht eine Menge Gedanken um alles dies gemacht. Aber Luise weiß so wenig von dem, was Ihre Tante sich ausgedacht hat, wie Sie davon gewusst haben. Es würde ihr bange davor geworden sein. Schweigen wir somit alle darüber. Sie soll Sie als Verwandten begrüßen, und alles weitere mag der Himmel fügen.«

»Ich hoffe, dass ich bald gut Freund mit ihr bin. Es war doch Luise, die uns empfangen hat? Sie sieht ganz reizend aus.«

»Lernen Sie sie kennen, und Sie werden eine Menge vorzüglicher Eigenschaften an ihr entdecken«, antwortete der Major mit väterlichem Stolz. »Zunächst aber müssen wir Sie einquartieren, denn Sie wohnen natürlich bei uns, das Haus bietet genügend Raum. Also keine Umstände, meine Herren, und jetzt noch ein Glas auf gute Hausgenossenschaft.«

Im Laufe des Tages wurden alle nötigen Anstalten getroffen, um die Gäste unterzubringen, und der Major Brand war mit dem Gang der Dinge nicht ganz unzufrieden. Im Geheimen hatte er oft an die fatale Bestimmung im Testament der alten Tante gedacht und an den unerfreulichen Auftritt mit dem alten Wilkens. Zuletzt jedoch hatte er beides fast völlig vergessen und vor allem nicht geglaubt, dass jemals in diesem Zusammenhang Ansprüche erhoben werden würden. Er hatte mit Recht angenommen, dass Emanuel Wilkens niemals seinen Sohn senden würde, um sich seiner Tochter anzutragen, denn nicht allein, dass er reich und hochmütig genug war, um bessere Partien für seine Erben zu verlangen, so war auch ihre Trennung nach der Testamentseröffnung unter solchen Umständen erfolgt, dass keiner sich nach einer Annäherung sehnen konnte. Nun hatten sich die Umstände verändert, und wenn Eduard Wilkens wirklich Luise heiratete, so sah Brand zunächst nichts darin, was ihm besonders unangenehm gewesen wäre. Eduard Wilkens war ein reicher Müßiggänger und hatte ein Leben geführt, das ihm keinerlei Verpflichtungen auferlegte. Wenn Wilkens auch mitgeteilt hatte, dass sein Vater sich manche vergebliche Mühe gemacht habe, ihn zu einem Handels- und Kaufmann zu erziehen, so schien es dem Major doch nicht unmöglich, dass unter dem Einfluss einer klugen Frau, wie Luise es ohne Zweifel war, Wilkens auch zu überzeugen sein würde, eine nützliche Tätigkeit aufzunehmen. Es war allerdings nicht zu übersehen, dass seinem Benehmen und seinem ganzen Wesen etwas Anmaßendes und Grobes anhaftete. Was aber der Wirt vom »Roten Bären« von den Seltsamkeiten seines Gastes erzählte, das wiederholte sich im Beisein des Majors, als er seine Gäste in ihr Zimmer führen wollte. Wilkens trug den bewussten Kasten eigenhändig ins Haus, das nun freilich kein Gebäude von Holz, sondern ein altes festes Gemäuer war. Eine Steintreppe ging von unten bis hinauf ins Giebelgeschoss, worüber Wilkens sich besonders zu freuen schien, aber mit dem Zimmer gab es dieselbe Not wie im »Roten Bären«. Das rote Staatszimmer hatte zwei Türen, wogegen der Gast entschiedene Einwände erhob und sich auch hier lieber mit einem weit schlechteren Zimmer an der Hinterseite des Hauses begnügte; dies hatte jedoch überall feste Wände und eine starke Doppeltür mit großen Riegeln, welche Wilkens wohlgefällig prüfte.

»Nun«, lachte Brand, »hier werden Sie gewiss sicher schlafen, obwohl das Zimmer eigentlich in Verruf ist.«

»Wieso in Verruf?«, fragte Wilkens.

»Es war seinerzeit das Vorratszimmer der Tante, ihr Lieblingsaufenthalt, und man will noch heute zuweilen ihr Rumoren und ihre klappernden Pantoffeln darin hören.«

»Wenn's weiter nichts ist«, erwiderte Wilkens unerschrocken, »dann habe ich keine Furcht. An Gespenster glaubt kein vernünftiger Mensch mehr, aber Diebe, Mörder und Einbrecher sind wirklich gefährlich. Das Haus liegt einsam genug, um solche Gesellen anzulocken.«

Der alte Soldat zog ein bedenkliches Gesicht, unter welchem er seinen Spott verbarg. »Eine Kehle ist freilich bald abgeschnitten«, sagte er ernsthaft, »und solche verwegenen Burschen machen gewöhnlich keine langen Umstände.«

»Kommt das hier zuweilen vor?«, fragte Wilkens erschrocken.

»Dergleichen kommt überall vor.«

»Aber was tut man dagegen?«

»Dagegen lässt sich nichts tun«, sagte Brand, »als denjenigen, die uns ans Leben wollen, selbst an die Kehle zu springen. Dem Burschen, den Sie gestern Abend im Wirtshaus sahen, ist es auch so ergangen. Ich bin Ihnen darüber noch eine Aufklärung schuldig.«

»Ich habe schon allerlei darüber gehört«, unterbrach ihn Wilkens, »er ist ein Wilddieb.«

»Ich schoss ihn nieder, ehe er mich niederschießen konnte.«

»Aber er leugnet, dass er solche Absichten gehabt hat.«

»Mein lieber Vetter«, versetzte der Major, »in solcher Lage muss man sich rasch entscheiden. Wenn mir jemand gegenübersteht, der die Mittel besitzt, mich zu vernichten, so warte ich nicht ab, bis er es tut, sondern ich vernichte ihn, solange noch Zeit dazu ist. Das habe ich getan und würde es immer wieder tun, mag's Recht genannt werden oder Unrecht. Wo es auf Selbsterhaltung ankommt, haben alle Zweifel ein Ende.«

Als Brand dies sagte, war der Hauslehrer mit den beiden Töchtern des Majors eben eingetreten, und es schien beinahe, als richtete er diese Verteidigung mehr gegen den Doktor und seine Kinder als gegen seinen Gast.

Doktor Gottberg wurde den Gästen vorgestellt. Eduard Wilkens aber beschäftigte sich kaum mit ihm, er suchte die Gesellschaft seiner beiden Cousinen, die ihm besser zu behagen schienen. Philipp von Rachau unterhielt sich mit Gottberg und fand, dass dieser ein sehr bescheidener junger Mann sei. Rachau verstand eine interessante Unterhaltung in Gang zu bringen, in deren Verlauf er erfuhr, dass der Doktor sich mit Naturwissenschaften beschäftige, in diesem Fache auch einige Zeit an einer Schule der Hauptstadt unterrichtet habe, dass er aber infolge einer Krankheit seine Tätigkeit habe aufgeben müssen, während seiner Erholungszeit auf dem Brand'schen Gute aber seine Studien fortgesetzt habe und in den Wäldern und Wiesen der Umgebung manche Ausbeute für pflanzenkundliche Untersuchungen habe machen können. Diese Mitteilungen gaben Gelegenheit, über Natur und Reisen weiterzuplaudern, und Rachau offenbarte ein besonderes Talent für Naturschilderungen und Szenerien aus den Alpen und Pyrenäen, die er auf einer Reise, welche ihn bis Algier führte, durchquert hatte. Seine Berichte über die Zustände in der großen französischen Kolonie und die dort geführten Kriegszüge, brachten die Erinnerungen des Majors hinreichend in Fluss, um lebhaft von den Zeiten zu sprechen, wo er den französischen Fahnen bis in die Sierra Nevada gefolgt war. Das ländliche Einerlei wurde auf diese Weise durch die Gegenwart der Gäste angenehm unterbrochen.

Auch Eduard Wilkens zeigte sich in seiner Art beflissen, für sich eine günstige Meinung zu erwecken, obwohl er dies am wenigsten vermochte. Er war jedoch eitel genug, einem so hübschen Mädchen wie Luise Brand gefallen zu wollen. Die vertrauliche Weise jedoch, in welcher er sich ihr näherte, schien auszudrücken, dass er es nicht für nötig halte, einem Landmädchen gegenüber, dessen Schicksal er in seiner Hand hatte, mehr Rücksichtnahme und Höflichkeit zu zeigen. Luise trug vielleicht auch dazu bei, seine zudringliche Sicherheit zu vermehren, denn ihr einfaches, ruhiges Wesen, ihre gleichbleibende Freundlichkeit und Sanftmut und die besonnene Art, in der sie mit ihm sprach, blieben unverändert auch bei seinen anmaßendsten Anspielungen.

Beim Mittagsmahl erhielt Eduard Wilkens seinen Platz neben Luise, ihre zwölfjährige Schwester Toni wurde zwischen Rachau und den Doktor gesetzt. Es war ein vergnügliches Mahl, denn die ländliche Küche sagte den Gästen in hohem Maße zu, und Wilkens hörte wohlgefällig den Major Luises häusliche Fähigkeiten preisen und wie sie nach dem Tode der Mutter, obwohl noch sehr jung, doch gleich die Leitung des Haushalts übernommen habe.

»Das lobe ich mir, das gefällt mir!«, rief Wilkens. »Praktisch muss jeder Mensch sein, die praktischsten Frauen sind die allerbesten!« Er erhob sein Glas und fuhr fort: »Darauf wollen wir anstoßen, auf die vollkommenen Frauen, die uns das Leben versüßen!«

»Ich habe keine Ansprüche auf Vollkommenheit zu machen«, erwiderte Luise mit freundlicher Zurückhaltung.

»Ich bin ein Kenner, Luischen«, sagte er, indem er nach ihrer Hand fasste, »ich kenne die Welt. Da ich aber auch nicht vollkommen bin, so passen wir beide prächtig zusammen!«

Bei diesen Worten begann Toni an der anderen Seite des Tisches ein mächtiges Gelächter. Wilkens wandte sich dem kleinen Naseweis zu und sah, dass auch der Hauslehrer lächelte.

Der hagere, ernsthafte Mensch hatte ihm schon gestern missfallen, und was Rachau über ihn geäußert, blieb in seinem Gedächtnis. »Warum lachst du, Toni? Du glaubst das wohl nicht?«, fragte er schärfer, als er es eigentlich beabsichtigt hatte.

Das Kind lachte unbekümmert weiter. »Nein, ich glaube es nicht, dass du und Luise zusammenpassen!«, rief sie. »Das ist zu komisch!«

»Warum ist das komisch?«

»Weil du eben nicht zu ihr passt!«

»Du magst mich wohl gar nicht?«

Diese Frage machte das aufrichtige Kind nicht verlegen. Sie schüttelte mit unschuldiger Fröhlichkeit den Kopf und schlug dabei auf des Doktors Hand, welche sie festhielt. »Den hab ich lieb«, rief sie, »denn der ist gut und weiß mehr, als wir alle wissen!«

Das Lachen war allgemein, und Eduard Wilkens lachte am lautesten von allen. Seine grellen Augen bekamen aber einen boshaften Schimmer, und seine Stimme wurde noch höher und unangenehmer. »Was die Weisheit nicht alles tut!«, lachte er. »Aber du sollst sehen, kleine Toni, dass ich auch sehr weise sein kann, wenn ich gleich kein Doktor bin und gar nichts weiß!«

Er sah dabei Gottberg mit spöttischen Blicken an, allein dieser schien kein Gefühl dafür zu haben. Er unterhielt sich weiter mit Toni, die in das Gespräch der Tischgesellschaft ab und an ihre naiv fröhlichen Bemerkungen streute und, als die Rede darauf kam, dass Luise eine recht gute Klavierspielerin sei und auch der Doktor diese Kunst wohl beherrsche, laut und triumphierend Wilkens zurief: »Die passen zusammen!«

Der Major zog bei dieser Äußerung seiner verwöhnten Jüngsten ein finsteres Gesicht, aber sie wurde halb überhört, denn Eduard Wilkens schrie im selben Augenblick: »Das ist ja herrlich, schönstes Cousinchen, lauter neue Entdeckungen! Ich liebe die Musik leidenschaftlich!«

»Und sind wohl selbst gar Musiker?«, fragte Luise.

»Ein schlechter Musikant, aber ich lasse mir gerne etwas vorspielen und höre es an, wenn es mir gefällt. Sie sollen sehen, wie dankbar ich bin, wenn es mir gefällt!«

Er küsste bei diesen Worten ihre Hand und betrachtete sie mit so stieren, sonderbaren Blicken, dass eine glühende Hitze über Luise

26

hinflog. Eine Ahnung überkam sie, der jäh ein Gefühl des Grauens nachfolgte.

»Das ist mir lieb, dass Sie die Musik lieben, Vetter Wilkens«, sagte Brand. »Wir haben hier nicht viel Abwechslung, das werden Sie bald merken. Sie sind an andere Dinge gewöhnt. In den großen Städten gibt es Theater, Bälle und vieles andere. Wir haben außer unserer eigenen Geselligkeit nichts als den ›Roten Bären‹ und das Montagskränzchen beim Apotheker.«

»Aber den Garten und den Wald draußen, Vater«, rief Toni, »wo die schönsten Erdbeeren wachsen und Heidelbeeren und Brombeeren und wo so viele Vögel wohnen!«

»Und Hasen und Rehe«, fügte Wilkens hinzu.

»Und Blumen«, fuhr Toni fort.

»Die der Doktor in seine Botanisiertrommel steckt«, neckte Rachau.

»Und wo der nichtswürdige Mathis mit seiner Flinte umherschleicht«, sagte Wilkens spöttisch.

»O der arme Mathis, der schleicht nicht mehr umher«, seufzte das Kind.

Luise unterbrach sie sogleich. »Gewiss«, sagte sie, »mein Vater hat recht, wir werden Mühe haben, auch nur auf wenige Tage die Lange-weile von Ihnen fernzuhalten. Sie werden sich bald genug wieder von hier fortsehnen.«

»Wer weiß, liebe Luise«, erwiderte Wilkens, »zunächst gefällt es mir ganz ausgezeichnet bei Ihnen, und es kann ja sein, dass es mir immer so gefällt.«

»Ich will es wünschen«, sagte sie mit leisem Erschrecken.

Der gute Wein des Majors wirkte auf Wilkens heitere Stimmung und entschuldigte seine zunehmende Zwanglosigkeit bei dem Hausherrn besser als bei dessen Töchtern. Indessen ging doch alles noch gut ab, vornehmlich weil Rachau seinen vermittelnden Einfluss geltend machte und die übermütige Laune seines Freundes zügelte. Wilkens' Spöttereien gegen den Doktor wiederholten sich mehr als einmal, ohne dass dessen Gelassenheit darunter gelitten hätte. Nur wenn Wilkens' Späße mit seiner Cousine gar zu plump ausfielen und es den Anschein hatte, als sei er hier in seinem Eigentum und Luise gehöre dazu, sah ihn der Doktor streng und nachdenklich an.

Der Kaffee wurde im Garten getrunken, und als die Tageshitze vor-über war, ein Spaziergang in den Wald vorgeschlagen, wo es einige besonders schöne Stellen und Fernsichten auf das Flusstal geben sollte, die man den Gästen zu zeigen gedachte. Eduard Wilkens bot Luise seinen Arm und überließ Rachau den Doktor, an dessen Arm sich die kleine Toni hing, während Brand den Weg voran durch das Gehölz zeigte.

Bald waren beide Teile der Gesellschaft weit voneinander entfernt, denn Toni lief nach Blumen und Gräsern und brachte sie dem Doktor. Viele kannte sie aus Gottbergs Unterricht sogar mit ihrem lateinischen Namen, einige weniger bekannte wusste er ihr in Erinnerung zu rufen, indem er auf eine höchst angenehme Weise von den Lebensumständen der Pflanzen und ihrer Verwendungsfähigkeit für den Menschen erzählte. Rachau mischte Berichte über seltene Pflanzen und Gewächse ein, die er auf seinen Reisen gesehen hatte und ging zuweilen selbst vom Pfad ab, um Toni beim Suchen zu helfen. Bei solchen Gelegenheiten blieb Gottberg stehen, blickte durch die Bäume hin, wo kaum noch ein Schimmer von Luises hellem Kleid zu sehen war, und überließ sich seinen Gedanken. Als er eben wieder in dieser Weise auf seine Begleiter wartete, kam Toni atemlos allein angelaufen.

»Wo ist Herr von Rachau?«, fragte Gottberg.

»Das ist ein Wagehals!«, lachte sie lustig.

»Was hat er denn gewagt?«

»Ich denke doch, er hat eigentlich ziemlich dünne Beine«, antwortete Toni, »aber du wirst es nicht glauben er ist damit über den Graben gesprungen!«

Gottberg war erstaunt. Ein sumpfiger Abzugsgraben lief durch das Gehölz, der ziemlich breit und tief war. »Hast du es selbst gesehen?«, fragte er.

»Er sprang hinüber, als hätte er sich meinen Gummiball unter seine Füße gebunden«, erwiderte Toni.

»Das erfordert mehr Kraft und Geschicklichkeit, als ich ihm zugetraut hätte«, sagte Gottberg. »Aber warum sprang er denn über den Graben?«

»Weil drüben der Mathis unter einem Baum sitzt.«

»Was tut er dort?«

»Er hat sich Weidenruten geschnitten.«

»Das sollte er nicht. Wenn dein Vater ihn findet, jagt er ihn fort und macht ihm Scherereien.«

»Ach, lass ihn doch die paar armseligen Weidenruten nehmen und Körbe flechten«, antwortete Toni. »Der Herr Rachau meint es auch gut mit ihm. Als er ihn sah, rief er gleich: ›Da sitzt einer, dem bin ich Geld schuldig!‹ – und dann machte er den Sprung über den Graben. Woher kennt er den Mathis?«

»Er hat ihn wohl gestern schon gesehen.«

»Das mag ich gern, dass er dem armen Mathis Gutes tut«, sagte das kleine Mädchen. »Überhaupt gefällt er mir viel besser als der Herr Vetter, der wie ein Kanarienvogel pfeift und sich aufbläst wie unser Truthahn.«

»Das darfst du nicht sagen, und du darfst auch nicht über ihn lachen«, warnte der Doktor.

»Ich muss lachen, ob ich will oder nicht. Und wenn er zu Luise irgendetwas besonders Schönes sagen will, möcht ich beinahe schreien! Weißt du, was ich glaube?«

Der Doktor antwortete nicht und ging weiter, jedoch Toni umklammerte seinen Arm und flüsterte ihm zu: »Heiraten möchte er sie, das kannst du mir glauben. Aber ich möchte ihn nicht, und Luise will ihn auch nicht.«

Der Doktor machte so lange Schritte, dass Toni kaum mitkam, und tat, als achte er auf das Geplauder des Kindes nicht. »Wir müssen uns nach dem Herrn von Rachau umsehen«, sagte er.

»Da kommt er schon!«, rief die Kleine. »Und siehst du wohl, der Mathis hinkt mit seinen Weidenruten fort, er wäre ja auch närrisch, wenn er warten wollte, bis du kommst und ihm wieder Vorhaltungen machst. Sicher hat er ein schönes Stück Geld gekriegt, hör nur mal, wie lustig er pfeift!«

Gottberg erwartete Rachau, dem Toni entgegenlief und mit ihm schalt, weil er hätte in den Graben fallen können. Zum Jubel des Mädchens sprang und lief Rachau mit ihr um die Wette, ließ sich von ihr besiegen, und während die kleine Gruppe so den anderen nachstrebte, hatte der Major mit seinen Begleitern schon den Platz erreicht, wo sie gemeinsam rasten wollten.

Es war im Grunde nicht allzu viel dort zu sehen. Eine Waldmatte bildete einen grünen Raum, an dessen Rande ein Hügel aufstieg, von dem aus man über Tal und Stadt blicken konnte. Auf dem Hügel standen eine einfache Bank und ein Holztisch.

Eduard Wilkens setzte sich sogleich nieder und wischte seine Stirn ab. Er schien ermüdet und erhitzt vom Gehen und vom Sprechen, denn er hatte unentwegt das Wort geführt, indem er seinen Verwandten allerlei über seine Lebens- und Vermögensverhältnisse mitgeteilt hatte. Alles, was er dazu sagte, trug zwar ebenfalls den Stempel anmaßender Selbstgefälligkeit, jedoch waren die Tatsachen an sich recht erfreulich und blieben nicht ohne Einfluss auf die geheimen Überlegungen des Majors. Er war bei aller verhältnismäßigen Einfachheit seines Lebensstils doch nicht unempfindlich gegen den Reiz des Geldes. Die Abneigung, welche ihm manche Eigenschaften Wilkens einflößten, wurde durch dessen offensichtlichen Reichtum gemildert. So verfolgte er auch nicht ohne ein gewisses Wohlbehagen, was Eduard Wilkens über das prächtige Landhaus berichtete, das er von seinem Vater unter anderem geerbt hatte.

»In dem Park meines Landhauses gibt es ein paar Aussichten, mein liebes Luischen«, sagte er, noch immer schnaufend, »die besser sind als diese hier. Sie sind noch niemals dort gewesen?«

»Meine größte Reise hat nicht mehr als vier Meilen betragen«, antwortete sie, indem sie ebenfalls auf der Bank Platz nahm.

»Das ist ja lächerlich«, sagte er, »Sie müssen künftig viel mehr reisen, es wird Ihnen gefallen.«

»Wird man besser und glücklicher dadurch?«, fragte sie lächelnd.

»Was heißt besser, klüger wird man, und das ist die Hauptsache.«

»Ihr Freund Rachau scheint auch viel gereist zu sein«, fiel der Major ein.

»Ja, der hat das Leben und die halbe Welt kennengelernt. Wo steckt er denn mit dem Herrn Doktor?«

»Sie sind zurückgeblieben, aber sie können nicht weit sein«, erwiderte Luise.

»Hat Herr von Rachau ein Amt?«, fragte der Major.

»Weder Amt noch Charakter«, lachte Wilkens, »keins von beiden, mein lieber Vetter. Er lebt seinem Vergnügen und seinen Neigungen. Er hat nichts zu verlieren, also hat er mich begleitet.«

»Er gefällt mir sehr gut«, sagte der Major.

»Wie gefällt er Ihnen, liebe Cousine?«

»Ich finde ihn recht unterhaltend«, antwortete Luise.

»Oh! Finden Sie? Ja, er versteht's, aber es fehlt ihm eins, das alle Mädchen gern mögen: Geld! Geld! Ohne Geld hilft alle Tugend nichts und alle Unterhaltsamkeit!« Er fasste nach ihrer Hand. Die seine war kalt und feucht, und sein dickes Gesicht näherte sich ihr so zudringlich, dass Luise rasch aufstand, denn ein unaussprechlich widerwilliges Gefühl erfasste sie.

Der Major war schon vorher aufgestanden, um nach dem fehlenden Teil der Gesellschaft Ausschau zu halten, und Luise folgte ihm nach, als wolle sie sich unter seinem Schutz in Sicherheit bringen. Auf Wilkens aber schien ihre Flucht nur belustigend zu wirken. Mit boshaftem Ausdruck hefteten sich seine Blicke an ihre anziehende Gestalt, und er rieb seine Finger vergnügt aneinander, während Brand ein lautes »Hallo!« durch den Wald schallen ließ.

Die Antwort kam aus der Nähe. Nach wenigen Minuten waren die Verlorenen zur Stelle, aber sie kamen nicht allein, sondern brachten den Gärtner des Hauses mit, der ein Unglück zu melden hatte, das Toni ihrem Vater schon von Weitem ankündigte.

»O Vater!«, schrie sie. »Vater! Das arme Tier! Der arme Hans!«

»Was ist geschehen?«, fragte der Major, dem der Gärtner aufgeregt berichtete, dass ein Pferd, das vor einen Wagen gespannt war, um Holz herbeizuschaffen, beim Einbiegen in den Hof gestürzt sei und wahrscheinlich den Fuß gebrochen habe.

Brand antwortete mit einem kräftigen Fluch, aber es blieb nichts übrig, als zurückzukehren, um selbst nach dem Schaden zu sehen. Der Spaziergang war somit unerwartet unterbrochen worden, und Eduard Wilkens war der Einzige, welcher sich darüber freute und dies auch nicht verbarg.

»Wir hatten eigentlich nichts weiter hier zu schaffen«, sagte er, »denn die Aussicht hatten wir genossen, und ich gehöre nicht zu denen, die sich lange an solchen Herrlichkeiten erfreuen können.«

»Aber wir werden Ihnen nichts anderes zu bieten haben«, sagte Luise, an welche er sich wandte.

»Ich bin bei Ihnen, schönste Cousine, das ist mir immer neu und angenehm«, antwortete er, wiederum ihren Arm nehmend, mit einem Seitenblick auf den schweigsamen Doktor, der ihnen nachfolgte.

»Natürlich wäre ich gern länger geblieben, falls es sich etwa um Ihr Lieblingsplätzchen handelte«, nahm Wilkens wieder das Wort. »Wenn das der Fall ist, so wollen wir bald wiederkommen und eine der allerschönsten Stunden zusammen feiern. Wollen Sie?«

Luise schwieg und antwortete erst nach einer Weile zurückhaltend: »Ich hoffe, wir werden diesen Platz noch öfter sehen.«

»Und nicht wieder gestört werden«, rief er mit seiner hohen Fistelstimme laut. »Wahrhaftig, wir wollen uns nicht stören lassen, von wem es auch sein möge. Aber Sie sehen ganz betrübt aus, liebe Luise. Ein Pferd ist allerdings ein Gegenstand von einigem Wert.«

»Es ist ein armes altes Tier, das keinen großen Wert hat«, antwortete sie, »aber sein Unglück geht mir nahe.«

Wilkens lachte. »Was sind Sie zartfühlend!«, rief er. »Was müssen Sie erst empfinden, wenn ein Mensch leidet! Ich könnte beinahe wünschen, dass ich selbst ein Bein bräche, nur um dann von Ihnen bemitleidet zu werden!«

»Das könnte er meinetwegen – beide Beine und den Hals dazu«, flüsterte Toni dem Doktor zu, »das machte mir gar nichts aus. Aber der arme alte Hans! Ich habe ihn heute Morgen noch gestreichelt und ein großes Stück Semmel zugesteckt. Wenn ich Luise wäre, liefe ich dem dicken Vetter davon. Aber wirklich – sie tut es schon! Sie tut es schon!«

Luise verdoppelte wirklich ihre Schritte und ließ Wilkens ein erhebliches Stück hinter sich zurück, was Toni mit fröhlichem Gelächter bejubelte. So erreichten sie das Haus und standen bald bei dem verunglückten Tier, um welches sich die Hausbewohner versammelt hatten, die durcheinanderschreiend das Ereignis erörterten.

Das Pferd saß auf seinen Hinterbeinen, stemmte die Vorderfüße auf und richtete seine großen traurigen Augen auf das Kind, das es klagend und weinend streichelte und beim Namen nannte.

Der Major hieß die Mädchen sich entfernen und stellte dann eine Untersuchung an, bei welcher Rachau ihm half und sich dabei so geschickt und erfahren zeigte, dass Brand sich anerkennend über seine Kenntnisse äußerte.

»Obwohl ich gar nichts davon verstehe«, erwiderte Rachau bescheiden, »habe ich doch auf meinen Reisen viel mit Pferden zu tun gehabt. In diesem Falle aber scheint es mir gewiss, dass der alte Bursche den Röhrenknochen durchbrochen hat.«

»Es ist ihm nicht zu helfen«, sagte der Major, den Kopf hebend.

»So muss man zum Schinder schicken!«, rief Wilkens.

»Das würde seine Leiden um viele Stunden verlängern«, sagte Brand.

»Was kann man aber tun?«

»Ich werde es Ihnen gleich zeigen, warten Sie einen Augenblick.« Mit diesen Worten ging der Major ins Haus und kam nach wenigen

Minuten zurück. In seiner Hand schimmerte etwas Blitzendes, das Wilkens für den Lauf einer Pistole hielt.

»Totschießen wollen Sie ihn? Da mache ich mich schnellstens aus dem Staube, das Knallen ist mir fatal, Blut überhaupt«, sagte Wilkens, »ich habe einen Abscheu vor Blut.«

»Was zum Henker«, erwiderte Brand, »ein Mann, und kann kein Blut sehen, kann's nicht knallen hören! Aber beruhigen Sie sich, Ihre Nerven sollen nicht strapaziert werden. Sehen Sie her: Das Ding knallt nicht.« Er zeigte dabei auf den Gegenstand, den er in der Hand trug.

Es war ein kleiner Hammer von poliertem Stahl mit kurzem Griff, der Kopf an der einen Seite breit, an der anderen in eine lange Spitze auslaufend. Das ganze hatte ein so unschuldiges Aussehen wie ein Kinderspielzeug.

Eduard Wilkens nahm daher auch von dem Spott des Majors keine Notiz, er lachte dazu und sagte: »Das lasse ich mir gefallen, damit kann man sich keinen Schaden tun.«

»Nicht?«, erwiderte Brand, indem er ihn anblickte und den kleinen Hammer in seiner Hand wiegte. »Sie würden freilich nichts damit ausrichten können, aber wer die Sache versteht – geben Sie acht! –«

Er trat zu dem leidenden Pferd, richtete die Spitze des Hammers auf dessen Stirn, schwenkte ihn dann an dem kurzen Griff und ließ ihn, anscheinend ohne besonderen Kraftaufwand blitzartig niederfallen. Das Pferd zuckte zusammen, stürzte zur Seite und streckte sich aus. Es war tot. Das Verfahren war so überraschend, der Erfolg so überzeugend, dass die Zuschauer bestürzt darauf hinblickten.

»Das ist merkwürdig«, sagte Rachau.

»Schrecklich, schauderhaft«, rief Wilkens, indem er unwillkürlich nach seinem Kopf fasste, »man sieht es nicht einmal!«

Die anderen, Gottberg, der Gärtner und eine ganze Schar von Dienstleuten des Gutes sowie von Neugierigen, die seit dem Sturz des Pferdes sich versammelt hatten, schwiegen. Der Punkt, auf welchen der tödliche Schlag niedergegangen war, wurde in der Tat nur durch einen Blutstropfen angedeutet.

»Ich bin erstaunt darüber, wie das möglich ist«, sagte Rachau. »Wie kann man den festen Schädel mit diesem unbedeutenden Instrument und obenein ohne alle Anstrengung zerschmettern?«

»Wer es nicht versteht, sollte es auch bleiben lassen«, erwiderte der Major nicht ohne eine gewisse Genugtuung. »Es kann einer zehnmal schlagen, ohne großen Schaden zu tun. Man muss mit dem rechten Schwung die rechte Stelle treffen, so dringt die Spitze des Hammers bis ins Gehirn und verursacht einen augenblicklichen und schmerzlosen Tod.«

»Ist diese Art der Tötung hier gebräuchlich?«, fragte Rachau.

»Nein, hier versteht niemand etwas davon, aber in Spanien macht man es so, und unsere Regimenter haben es von dort übernommen. Ich habe im Krieg manch armes Tier mit diesem kleinen Hammer von großen Leiden befreit. – Und jetzt schafft das Pferd fort«, wandte sich Brand an seine Dienstleute. »Ihm ist jedenfalls geholfen.«

Er steckte das Gerät ohne viele Umstände in die Tasche und ging mit seinen Gästen ins Haus. Das Ereignis beherrschte die Gespräche während des ganzen Abends, und besonders zeigte sich Wilkens beklommen und nicht mehr in seiner früheren Laune und überließ es seinem munteren Begleiter, die Unterhaltung zu führen. Bald nach dem Abendessen zog er sich, begleitet von Rachau, dann auch zurück.

Es vergingen einige Tage ohne besondere Ereignisse. Der Major, der nicht wusste, was er mit Wilkens anfangen sollte, schien ihn möglichst zu meiden. Sein ganzes Wesen war dem alten Soldaten zuwider. Wilkens rauchte nicht, kümmerte sich weder um Gewehre noch um die Jagd, hatte keinen Gefallen an Spaziergängen, ritt nicht aus, alle Anstrengungen waren ihm verhasst, und nur bei Tische zeigte er Interesse. Brand hätte verstanden, wenn er rechtschaffen dreingehauen hätte, dann würde man nach seiner Meinung gesehen haben, dass ein Kerl in ihm stecke. Aber Wilkens liebte allerlei süßes Zeug, Klößchen, Mehlspeisen, Kompott, und verschmähte ein kräftiges Stück Fleisch, und das offenbarte, so meinte der Major im Stillen, sein weibisches schlaffes Wesen nur allzu gut. Zum Trinken ließ er sich allerdings nicht nötigen, im Gegenteil, er trank meist mehr, als ihm bekömmlich war. Dazu kam, dass er gänzlich unausstehlich wurde, sobald er, nach des Majors Ausdrucksweise, ein paar Gläser hinter der Binde hatte, und es gehörte viel Geduld dazu, das als Scherz aufzufassen, was er dafür zum Besten gab. Schon gewöhnlich anmaßend und großsprecherisch, verlor er dann vollends jede Rücksicht und Haltung, und wenn nicht Rachau zuweilen eingeschritten wäre und dem Doktor Gottberg wie auch Luise und der ganzen Gesellschaft beigestanden hätte, so würde es nicht zu ertragen gewesen sein.

Der heftige alte Mann befand sich nach den ersten drei Tagen dieses Besuchs im vollen Zwiespalt mit sich selbst. Er hatte sich freilich von Anfang an gelobt, in Ruhe den Ausgang dieser fatalen Sache abzuwarten und sich in keinerlei Weise einzumischen, aber er musste sich den größten Zwang antun, um dies einzuhalten. Alle Vernunftgründe sprachen dafür, dass ihm auf jeden Fall daran gelegen sein musste, sich mit diesem Vetter nicht zu erzürnen, und je mehr er alles überlegte, umso mehr überzeugte er sich, dass Zurückhaltung von seiner Seite das beste war, was er tun konnte. Auch wenn Luise keine Lust empfand, eine reiche Frau zu werden, sollte Wilkens wenigstens nicht beleidigt oder im Zorn das Haus verlassen müssen. Was der Major wünschte oder hoffte, bezweifelte oder befürchtete, verschloss er in sich, zumal es die widersprechendsten Empfindungen waren, die ihn beherrschten. Zuweilen stiegen ihm Gedanken auf, die ihm eine dunkle Röte ins Gesicht trieben, und er streckte in solchen Augenblicken seinen Arm aus, als wollte er gewaltsam etwas von sich abhalten, was sein Gewissen beunruhigte. Meist hingen diese Gedanken mit der Person Gottbergs zusammen, den er im Augenblick nur bei der Mittagsmahlzeit sah und den er weder aufsuchen noch ihm begegnen wollte. Sonst hatte er den jungen Mann, den der Zufall in seine Familie gebracht, jederzeit gern gesehen und niemals gewünscht, dass er ihn verlassen möge. Gottbergs ruhiges und ernstes Wesen hatte ihm immer gefallen, er hatte ihn selbst gebeten zu bleiben, und nie war ihm dabei eingefallen, was ihm zuerst in jener Nacht einfiel, in der er Wilkens vorher im »Roten Bären« gesehen hatte. Er war allerdings nie so blind gewesen, um nicht zu bemerken, wie hoch der Doktor in der Gunst seiner Töchter stand, aber er stand ja auch in seiner Gunst, war der Freund seines Sohnes seit dessen Universitätszeit, und es kam ihm vor, als sei das alles ganz natürlich, wenn seine Mädchen so vertraulich mit Gottberg umgingen, als sei dieser mit ihnen aufgewachsen. Der Doktor gehörte zur Familie, hatte den Kopf auf dem rechten Fleck, und wer ihn kennenlernte, zollte ihm Achtung. Solch ein Mann musste auch einmal in der Welt seinen Platz einnehmen, und dies war ein Gedanke, mit welchem Brand sich zuweilen heimlich beschäftigt hatte, wenn er ihn mit Luise im Gespräch traf und die beiden beobachtete. Seit der Ankunft Wilkens aber waren seine Empfindungen zwiespältig geworden. Ob er wollte oder nicht, vermochte er den Gedanken an eine vielleicht mögliche reiche Heirat seiner Ältesten nicht loszuwerden. Ein sicheres Gefühl sagte ihm, wie Gottberg in seiner schlichten Redlichkeit solche Überlegungen einschätzen würde, und deshalb setzte ihn ein Zusammentreffen mit dem jungen Mann in Verlegenheit, ein Zustand, der dem sonst offenherzigen und der Verstellung unfähigen alten Soldaten äußerst verdrießlich war. Dass darüber hinaus Wilkens Mutmaßungen hegte, die mit des Majors Beobachtungen übereinstimmten, ließ sich nicht bezweifeln, ob sie nun begründet waren oder nicht.

Mit bewundernswerter Geduld gab sich Gottberg den Anschein, als sähe und höre er nichts von Eduard Wilkens; auch ließ sich nicht das Geringste gegen sein Benehmen im Umgang mit Luise sagen. Immer gleich höflich, bescheiden und freundlich konnte die genaueste Aufmerksamkeit ihn bei keinem verfänglichen Blick ertappen, ja, da Luise meist von Eduard Wilkens belagert wurde, machte er diesem Platz, ohne auch nur den Versuch zu unternehmen, ihm seinen Vorrang abzustreiten. Sein Gefühl sagte Gottberg, was er zu tun habe, denn verborgen konnte es ihm gewiss nicht bleiben, was Wilkens beabsichtigte.

Der Major zeigte im Umgang mit Wilkens eine ihm sonst nicht eigene Geduld und Rücksichtnahme, obwohl dieser sich Freiheiten herausnahm, die schwer zu ertragen waren. Über die Langweiligkeit des Landlebens und die Einrichtungen des Hauses hatte Wilkens ebenso viel zu mäkeln wie über die Ansichten und Meinungen seines Verwandten und über dessen wirtschaftliche und Familienangelegenheiten. Er tat manche Fragen, die seinem heftigen Gastgeber großen Ärger verursachten und deren Beantwortung diesem sauer wurden, dennoch blieb der Major standhaft in seiner Höflichkeit und nahm selbst anmaßende Vorwürfe hin. Die Verpachtungen und der Gewinn, den Brand aus dem Gute zog, gaben Wilkens besondere Veranlassung zu lebhaftem Tadel und Vorhaltungen, welche so eindringlich gemacht wurden, als sei sein Eigentum dadurch verletzt worden.

»Das ist ja grässlich«, sagte er, »das sind ja Preise wie vor fünfzig Jahren, als lebten wir noch in der schönen Zeit, wo die Pächter reich wurden und die Eigentümer arm. Aber das muss sich ändern! Lassen Sie doch die Pachtkontrakte erneuern, die Erhöhung um die Hälfte der Pachtsummen ist noch zu billig. Wie ist das möglich, dass Sie so – so wenig zeitgemäß sein können!«

Die Milderung seines Ausdrucks kam daher, weil Brand ihn anblickte, als spränge Feuer aus seinen Augen, und Wilkens einen Schreck bekam.

»Alle Donner!«, schrie der Major. »Was – hm! – was meinen Sie?«, setzte er, sich besinnend, hinzu. »Es wäre vielleicht möglich, dass man etwas höher gehen könnte, aber diese Verträge laufen schon so lange, und ich will keinen Menschen drücken.«

»Was für eine Redensart!«, lachte Wilkens. »Hier muss der alte Zopf abgeschnitten und ausgetrieben werden!«

Der Major atmete tief, allein er besänftigte sich nochmals und sagte, indem er selbst zu lachen versuchte: »Mein lieber Vetter, jeder muss seinen eigenen Zopf abschneiden!«

»Was das anlangt, so hat es bei mir keine Not«, versetzte Wilkens. »Praktisch muss man sein, und das bin ich. Vielleicht ist das Beste, das Gut wird verkauft. Die Preise sind noch hoch, obwohl sie schon fallen. Schulden sind wohl nicht da, oder doch nicht viel. Was haben Sie an Hypotheken? Wie viel ist es?«

Der Major hielt nur noch mit allergrößter Mühe an sich. Dunkle Zornesröte färbte sein Gesicht, es schien ihm, als tanze eine Flamme vor seinen Augen, aber er überwand sich auch diesmal und winkte abwehrend mit der Hand, wobei er tat, als ob er lachte. »Wir wollen jetzt nicht weiter davon sprechen«, sagte er mit rauer Stimme, »Schulden sind da, es ging nicht anders.«

»Man darf niemals mehr ausgeben, als man einnimmt«, krähte Wilkens. »Ihre Gastfreiheit und Großmut sind freilich bekannt, mein bester Vetter, aber lieber ein bisschen einschränken. Warum füttern Sie diesen Doktor hier durch?«

Diese Unverschämtheit war nicht mehr zu ertragen. Zum letzten Male besann sich Brand und sagte dann mit einer Stimme, die vor Erregung zitterte: »Brechen wir ab. Meine Angelegenheiten werden immer nur meine Sache sein und bleiben!«

»Aber mein Lieber«, sagte Wilkens, »ich habe nur Ihr Bestes im Sinn!«

»Gut. Ich danke Ihnen«, erwiderte der Major kalt. »Ich denke aber, es kommt im Leben nicht immer nur aufs Geld an.«

»Nicht?«, rief Wilkens, auf seine Tasche schlagend. »Aufs Geld kommt doch zuletzt alles an! Wer das Geld nicht achtet, kann zu nichts kommen! Also, mein lieber Vetter, wollen wir diesen Punkt wenigstens niemals vergessen.« Die Miene, mit der er dies sagte, war so boshaft lauernd, dass sich Brand beunruhigt fühlte. »Bah«, fuhr Wilkens fort, »wir werden gute Freunde bleiben, ich sehe es Ihnen an. Ich gehe jetzt und suche mein Cousinchen, denn ich sehne mich nach ihr. Der Doktor sitzt mit Toni am Büchertisch, Rachau ist spazieren gegangen, so kann ich ungestört mein Glück befördern. Helfen Sie nur hübsch dazu, damit wir bald zurande kommen – je eher, je besser – womöglich heute noch!«

Diese Aufforderung glich einer Mahnung, in welche die Drohung eingehüllt war. Es ging Brand beinahe wie seiner Tochter, als er Wilkens' kalte feuchte Hand fühlte und in das dicke schlaffe Gesicht sah. Ein Schauer lief über seine Haut. Sein Widerwille war so groß, dass er sich umdrehte und gar keine Antwort gab. Als Wilkens ihn aber verlassen hatte, warf er seine Pfeife wütend in einen Winkel, stampfte mit dem Fuß auf, als sollten die Dielen durchbrechen, ließ sich dann in einen Sessel fallen und stützte stöhnend seinen Kopf in beide Hände. Er erkannte, dass er sich selbst etwas vorgemacht hatte, als er sich einredete, die Angelegenheit mit Wilkens und der Testamentsklausel ließe sich regeln, indem Luise die Werbung des Vetters annahm. Wie hatte er sich so weit verirren können! Wie konnte er seine Tochter diesem abstoßenden boshaften Menschen überantworten! Er war gefährlich, dieser Vetter, der da so unerwartet aufgetaucht war, und wohl zu allem fähig, wenn es um seinen Vorteil ging. Was sollte er, was konnte er tun? Was würde Wilkens unternehmen?

Während der Major in düstere Gedanken versunken in seinem Zimmer auf und ab ging, suchte Wilkens inzwischen nach Luise, ohne sie zu finden. Man hatte sie in den Garten gehen sehen, aber auch dort war sie nicht zu entdecken. Ein Verdacht stieg in ihm auf, dem er sogleich nachging, indem er die Treppen hinaufstieg, den Gang entlang schlich und an der Tür des Zimmers horchte, das, wie er wusste, Gottberg bewohnte. Da er nichts hörte, beugte er sich zum Schlüsselloch nieder, und jetzt sah er den Doktor am Schreibtisch sitzen. Vor ihm lag ein Bogen Papier, die Feder hielt er in der Hand, allein er schrieb nicht, sondern sah, den Kopf in die Hand gestützt, vor sich hin.

Eduard Wilkens ergötzte sich einige Minuten lang an dieser Situation. Der Doktor kam ihm so kummervoll vor, so grau und eingefallen, dass er sich das Vergnügen nicht versagen konnte, ihn noch näher zu betrachten. Er öffnete daher die Tür und steckte seinen Kopf hinein, bei dessen Anblick der überraschte junge Mann den Arm sinken ließ und aufstand.

»Bitte«, sagte Wilkens im hohen Diskant, »lassen Sie sich durchaus nicht stören, Herr Doktor, ich blickte nur herein, um zu fragen, ob Sie meine Cousine Luise nicht gesehen haben?«

»Ich habe das Fräulein heute noch nicht gesehen«, erwiderte Gottberg.

Wilkens musterte inzwischen ungeniert das Zimmer und den Schreibtisch. Auf diesem lagen ein paar gefaltete Briefe, auf einem Stuhl eine Reisetasche und neben dieser verschiedene Kleidungsstücke. »Sie wollen doch nicht verreisen?«, fragte er.

»Ich habe keine solche Absicht«, erwiderte Gottberg kalt.

»Es wäre mir auch nicht lieb«, versicherte Wilkens. »Sie müssen hierbleiben, es wird lustig zugehen.«

Gottberg schwieg. Eduard Wilkens sah ihn lauernd an. »Sie sind ja lange schon hier im Hause«, fuhr er fort, »und kennen alle Verhältnisse. Luise ist ein allerliebstes Mädchen. Was meinen Sie? Sie gefällt mir ausnehmend. Eine besondere Schönheit ist sie zwar nicht, aber was hat man davon? Eitelkeit, weiter nichts. Sie ist nicht verwöhnt. Häuslichkeit ist eine schöne Tugend. Was meinen Sie?«

»Ich meine nichts«, antwortete Gottberg mit mühsamer Zurückhaltung.

»Oho«, lachte Wilkens, »Sie müssen doch eine Meinung haben? Sie nehmen doch Anteil an der Familie?«

»Den nehme ich allerdings.«

»Und Sie wissen doch auch wohl, warum ich hier bin?«

»Ich habe nicht danach geforscht.«

»Nicht? So will ich es Ihnen sagen. Ich bin hier –«

»Verschonen Sie mich mit Ihrem Vertrauen, Herr Wilkens«, fiel ihm Gottberg ins Wort. Seine Stimme hatte einen drohenden Klang.

»Dadurch könnten Sie sich nur geehrt fühlen«, sagte Wilkens hämisch.

»Ich erhebe keinen Anspruch darauf –«

»Aber ich habe einige Gründe, mit Ihnen ein offenes Wort zu sprechen«, unterbrach ihn Wilkens. »Wenn Sie aufrichtig gegen mich sein wollen, soll es Ihr Schaden nicht sein. Sie sind hier Hahn im Korbe. Gut – ein jeder nach seinem Geschmack. Nur eine Frage wegen meiner Cousine.« Er richtete seine Augen mit dreister Unverschämtheit auf Gottberg. »Wie stehen Sie mit ihr?«

Der Doktor antwortete nicht, aber er sah leichenblass aus.

»Bah«, lachte Wilkens, »Sie brauchen doch nicht zu erschrecken. Wir können uns in aller Ruhe –« Weiter kam er nicht.

Gottberg war dicht an ihn herangetreten, seine Augen glänzten vor Zorn. »Verlassen Sie mich auf der Stelle«, sagte er mit seiner tiefen, vollen Stimme.

»Seien Sie verständig«, sagte Wilkens, langsam zurückweichend, »ich lasse jedem das Seine, ich –«

»Hinaus! Verlassen Sie diesen Raum!«, rief Gottberg noch heftiger, indem er den Arm nach der Tür ausstreckte.

Wilkens zog sich eiligst zurück, er bekam Furcht vor den Blicken und der Haltung des Doktors. »Sie werden das bereuen«, rief er, schon auf dem Vorflur stehend. »Im Übrigen sage ich Ihnen, dass ich der Sache heute noch ein Ende machen werde. Meine Cousine soll meine Frau werden, wir werden in der Angelegenheit kurzen Prozess machen!«, schrie er im höchsten Diskant.

Gottberg sah ihn verächtlich an. »Entsetzlich«, sagte er, als sei er allein, »wenn ein so reines Wesen, ein so stolzer alter Mann in solchen Schlamm versinken könnten.«

»Narren und Bettler muss man behandeln, wie sie es verdienen«, rief Wilkens, der schon fast die Treppe erreicht hatte, »und das soll geschehen, darauf verlassen Sie sich!«

Es kam aber keine Antwort mehr, denn Gottberg hatte die Tür seines Zimmers bereits geschlossen. Wilkens atmete heftig und murmelte ein paar unverständliche Worte. Dann begab er sich in den Garten, um seinen Freund Rachau zu erwarten.

Philipp von Rachau hatte das Haus schon vor einigen Stunden verlassen und auf Waldwegen einen weiten Spaziergang gemacht, der ihn endlich an den Fluss hinabführte, wo die große Mühle stand. Er ließ sich mit mehreren Leuten, die ihm begegneten, in Gespräche ein und besaß viel Geschick, von ihnen auszuforschen, was er wissen wollte. Er trat auch bei dem Müller ein, trank ein Glas Milch, besah die Mühle, fragte kreuz und quer nach Ertrag und Pacht, Wiesen und Feldern unter allerlei Scherzen und Munterkeit, und einem so angenehmen jungen Herrn, der so offenherzig und ohne alle Hoffart war, wurde gern Bescheid gegeben. Man wusste ja bereits, dass er in Begleitung eines Verwandten des Herrn von Brand zu Besuch gekommen war, und natürlich richteten sich die Antworten, welche er erhielt, als er das Gespräch auf die Familie des Majors zu bringen wusste, auch danach. Aber die pfiffige Klugheit des Müllers reichte nicht bis zur Verstellung, und im Ganzen genommen hörte er auch hier bestätigen, was der erzählfreudige Postillion schon berichtet hatte. Der Major wurde gelobt, doch über seine Heftigkeit kam es zu manchem Kopfschütteln, und als Rachau auf die Geschichte mit dem Wilddieb anspielte, sagte der Müller: »Das war der erste nicht, lieber Herr, er hat es früher schon öfter so gemacht. Jetzt ist er ruhiger geworden, sonst war's gleich Feuer und Flamme bei ihm, das weiß ein jeder, und die Herren in der Stadt wissen's auch. In Streit darf sich keiner mit ihm einlassen. In seiner Jugend, so wird's erzählt, hat er auch schon auf der Festung gesessen, weil er einen anderen Offizier totgeschossen oder erstochen hat, und bei dem Mathis haben ihm die Richter noch durchgeholfen, aber verwarnt ist er doch worden, und wenn noch einmal was vorkommt, geht's nicht so ab.«

Rachau wandte ein, dass der Mathis doch wohl ein rechter Taugenichts sei.

»Das kann man nicht sagen«, entgegnete der Müller, »im Gegenteil, er war ein redlicher, fleißiger Bursche. Aber wenn man so von den Tieren geplagt wird, wie ich's auch selbst schon erlebt habe, dass sie bis in die Gärten kommen oder einem sein Feld zerfressen, dann kann man zuweilen gar nicht anders, als sich wehren. Der Mathis hat freilich weder Kohl noch Kartoffeln zu hüten gehabt. Er tat's aus Übermut, dachte auch wohl, Hasen gibt's genug in der Welt, und Gott hat das wilde Getier, das dahin läuft und dorthin, für alle geschaffen. Ich habe mein Lebtag keinen so flinken Kerl gesehen wie den Mathis. Alles verstand er und versteht's noch, sonst kam er jetzt nicht durch. Und's Stehlen lässt er auch nicht«, sagte er lachend, »sind's keine Hasen und Rehe mehr, sind's Vögel oder Weidenruten, und sie sehen ihm dabei auf dem Gut durch die Finger, denn leid hat's auch dem Herrn getan, er schämt sich nur, dass er sich's soll merken lassen, und mag den Mathis nicht vor Augen sehen. Der gibt's ihm freilich zurück, so viel in seiner Macht ist, und wenn der könnte –« Der Müller hob seine Faust und schüttelte sie, seine Frau aber gab ihm einen Stoß, und er verstummte. »Na, der Herr wird kein Gerede machen«, setzte er dann hinzu, indem er Rachau treuherzig anblickte.

»Darum sorgt Euch nicht«, beruhigte ihn Rachau. »Kann man über den Steig nach der Stadt?«

Der Müller bejahte es. »Drüben geht's an der Lehmgrube hin«, fügte er hinzu, »und gleich in dem Häuschen daneben wohnt der Mathis.«

Mit diesem Bescheid nahm Rachau Abschied, ging über den Mühlsteig und befand sich in zehn Minuten vor der ärmlichen Hütte. Mit einem Blick ließ sich bemerken, dass sie nicht vernachlässigt wurde, denn die Lehmwände waren gut erhalten und weiß gestrichen, das durchlaufende Holzwerk schwarz angefärbt. Die kleinen Fenster sahen gewaschen aus, und vor ihnen hingen an Nägeln mehrere kleine Käfige mit Vögeln.

Als Rachau in den Vorflur blickte, dessen Tür offen stand, sah er den lahmen Mann, der drinnen saß und mit Korbflechten beschäftigt war. Er bückte sich auf seine Arbeit, und das lange schwarzbraune Haar hing ihm zottig über die Augen. Dann aber hob er den Kopf in die Höhe, und über sein hageres Gesicht flog ein Lächeln, denn er erkannte jetzt seinen Besucher.

»Hier wohnt Ihr also«, sagte Rachau. »Ist das Euer Haus?«

»Solange ich es gemietet habe«, antwortete der Lahme, indem er aufstehen wollte.

»Bleib sitzen«, sagte Rachau, »du darfst deine Arbeit nicht versäumen. Du hast Frau und Kind?«

»Ja, die sind wirklich mein, und es ist ein fressendes Eigentum, aber ich habe kein anderes«, antwortete Mathis lachend.

»Eigentum mag sein, wie es will, man hat es lieb. Jeder will etwas besitzen in der Welt«, versetzte Rachau, der einen alten Schemel nahm und sich dem Korbflechter gegenübersetzte.

Die Nebentür tat sich auf, und eine Frau erschien darin, die ein Kind auf dem Arm trug. Rachau blickte in die Stube hinter ihr hinein, wo es ärmlich genug aussah. Er nickte der Frau zu, deren Züge ein hartes Leben geprägt hatte.

»Das ist deine Frau?«, fragte er.

»Das ist sie«, antwortete Mathis.

»Ist sie krank? Sie sieht so blass aus.«

»Sie darf nicht krank sein«, erwiderte der Lahme. »Vergangenes Jahr sah sie schlimmer aus. Jetzt hat sie sich erholt.«

»Das war zu der Zeit, wo es dir überhaupt schlecht ging.«

»Jetzt geht es besser«, brummte Mathis, indem er weiterarbeitete. »So gut es gehen kann, wenn die gesunden Glieder fehlen«, setzte er lauter hinzu. »Sie haben es ja selbst gesehen, Herr, wie mit mir umgesprungen wird, und gehört haben Sie gewiss auch von meiner Geschichte.«

»Als ich dich vor einigen Tagen im Wald traf, versprach ich, dich aufzusuchen. Nun führt mein Weg mich zufällig vorüber. Ich habe mit dem Doktor Gottberg gesprochen, er hat mir von dir erzählt, denn er nimmt großen Anteil an dir.«

»Was nützt mir das schon«, brummte Mathis.

»Von ihm habe ich gehört, dass Fräulein Luise in jener Zeit manches für Euch getan hat, um ihr Mitgefühl zu beweisen«, fuhr Rachau fort.

»Lieber Herr«, sagte Mathis, mit seiner rauen Hand auf den Korb schlagend, »ich bin ein armer Kerl, aber ich danke für alles Mitgefühl von da drüben her!«

»Mathis! Mathis!«, flüsterte seine Frau ängstlich.

»Du scher dich fort«, antwortete er heftig, »geh an deinen Topf und koch, was drin ist. Noch schaff ich 's Brot und werd's schaffen! Weiber sind schwach«, fuhr er fort, als die Frau sich zurückgezogen hatte, »in ihrer Not fallen sie selbst dem Teufel zu Füßen. Ich sage nicht, dass sie es nicht hätte tun sollen, ein Weib bleibt ein Weib, aber jetzt bin ich wieder bei ihr, und so muss es ein Ende haben.«

»Du hast die Unterstützung zurückgewiesen?«

»Das habe ich, denn von wem kommt sie?« Mathis strich sein Haar zurück, seine Augen blitzten. »Von dem, der mich wie einen Hund niedergeschossen hat. Verflucht mag er dafür sein!«

»Du möchtest von deinem Feinde keine Wohltaten annehmen, möchtest ihm lieber beweisen, dass es zu Recht in der Bibel heißt: ›Auge um Auge, Zahn um Zahn‹«, sagte Rachau. »Das ist nobel gedacht, mein lieber Mathis, aber du siehst aus wie ein kluger Bursche. Verfluche ihn, so viel du Lust hast, niemand wird Segen von dir verlangen, aber nimm, was du bekommen kannst.«

»Ich wollte ihm meinen Segen wohl geben«, brummte Mathis ingrimmig.

»Das heißt, du sähst ihn mit Vergnügen hängen.«

»Lieber wollt ich das Messer verschlucken, als ihn abschneiden!«

»Du bist ein schlechter Christ, aber von liebenswürdiger Offenherzigkeit«, versetzte Rachau, »ich begreife deine Gefühle. Dennoch, mein guter Freund, muss die Maus niemals der Katze drohen, solange diese Krallen und Zähne hat.«

Der Korbflechter schien diesen Vergleich sehr gut zu finden. Er grinste zu Rachau auf, der sein Stöckchen zwischen den Händen drehte und ihm freundlich zunickte. »Ich erteile dir diesen guten Rat, Freund Mathis, weil ich etwas für dich tun möchte«, sagte er.

»Meiner Seel – ich habe so viele gute Freunde, es kann mir gar nichts fehlen!«, lachte Mathis höhnisch. »Aber alle Almosen machen meine Beine nicht wieder gerade. Ich kann's niemals vergessen und zu Kreuze kriechen!«

»Du bist sehr töricht«, sagte Rachau. »Wenn du in Demut den Herrn Major um Gnade bätest, würde er dir vergeben.«

»Mir! Er mir vergeben!«, schrie Mathis, die Fäuste ballend. »Die ganze Brut möcht ich zermalmen«, murmelte er vor sich hin, wild mit den Augen rollend.

»Bedenke wenigstens, was das gnädige Fräulein für dich tut«, fuhr Rachau fort. »Die vornehme Dame erzeigt dir Wohltaten, kommt in deine Hütte, um dich zu trösten!«

Die wohlberechneten Worte Rachaus verfehlten ihre Wirkung nicht. »Oho«, schrie Mathis, seine Faust schüttelnd und höhnisch lachend, »wer weiß, warum sie das tut!«

Rachau schwieg eine Weile. »Kommt das Fräulein oft hierher?«, fragte er dann.

»Früher kam sie oft.«

»Mit dem Doktor Gottberg?«

Mathis antwortete nur mit einem Grinsen.

»Jetzt kommen sie nicht mehr?«

»Es ist ja Besuch im Hause, da geht es nicht an, dass sie mitsammen spazieren.«

Rachau bedachte sich. »Es kommt mir vor, mein lieber Mathis«, lächelte er, »als ob du allerlei von dem Fräulein und dem Doktor zu erzählen wüsstest, ich sehe es dir an und will dir auch sagen, was du denkst. Du denkst, wie vielleicht manche andere Leute auch, dass das Fräulein den Doktor besonders lieb hat, oder vielmehr der Doktor das Fräulein, und du in deinem bösen Herzen freust dich darüber, weil du meinst, wenn's der Major erfährt, wird ein Donnerwetter losbrechen und er in Kummer und Wut außer sich geraten.«

Mathis starrte ihn groß an. Er sah seine innersten Gedanken offenbart und konnte sie nicht ableugnen. Es überkam ihn Furcht vor dem lächelnden jungen Herrn, der ihn ansah, als könne er ihn durch und durch sehen. Er blickte nach der Stube hin, wo er seine Frau hörte, und sagte dann mit gedämpfter Stimme: »Es ist doch wahr. Ich hab's oft genug mit angeschaut, wie sie ein Herz und eine Seele sind.«

»Das wäre eine Rache, mit der du als bescheidener Mensch schon zufrieden sein könntest«, lachte Rachau. »Aber mein guter Freund, damit ist es nichts, das Fräulein ist verständiger. Sie wird allerdings bald heiraten.«

»Den Doktor?«, fragte Mathis.

»Einen Herrn, wie er zu ihr passt, nach ihres Vaters Wünschen, und wenn du klug bist und dich brauchbar zeigst, wirst du von ihm nicht vergessen werden.«

Rachau unterbrach seine Rede, denn es näherte sich jemand dem Hause, der Schatten eines Menschen fiel auf die Schwelle, und plötzlich stand die, von der soeben gesprochen worden war, vor ihnen.

Ein großer Sommerhut bedeckte ihren Kopf, in der Hand trug sie einen Deckelkorb, der nicht ganz leicht sein musste, denn sie war erhitzt von der Anstrengung. Ihr erster Blick fiel auf Rachau, der aufsprang, sie begrüßte und ihr betroffenes Erstaunen nicht zu bemerken schien. Im nächsten Augenblick hatte sie es überwunden. Sie erwiderte seinen Gruß und sagte: »Sie hier zu finden, Herr von Rachau, konnte ich nicht erwarten.«

»Man findet oft, was man nicht erwartet«, entgegnete er, »es geht mir ebenfalls so.«

»Ich besuche diese Familie nicht selten«, erklärte sie, »weil ich an ihrem Schicksal Anteil nehme. Wo ist Eure Frau, Mathis?«, wandte sie sich an diesen.

»Drinnen«, brummte der Lahme, ohne aufzublicken.

»Und wie geht es dem Kind?«

»Es fehlt ihm nichts«, stieß er grob hervor.

Sie ging an ihm vorüber und öffnete die Stubentür. Mathis' Frau stand mit dem Kind schon dort.

»Da seid Ihr ja, Guten Tag!«, rief Luise, ihr die Hand reichend. »Wie geht es Euch?«

»Es macht sich schon«, antwortete die Frau mit unverkennbarer Freude und doch auch furchtsam nach ihrem Mann blickend.

Luise streichelte den Kopf des Kindes. »Du armes Kleines«, sagte sie, »du hast so viel gelitten und bist noch so blass. Lache doch einmal, damit du deiner Mutter Freude machst.«

Die Frau drückte den Knaben fest an sich. »Wenn's nur noch mit ihm wird«, seufzte sie.

Draußen warf Mathis Korb und Ruten von seinem Schoß und ballte die Fäuste. »Oho«, sagte er grimmig, »wenn's wahr ist, was der fremde Herr sagt, wenn sie einen Vornehmen heiratet und den Doktor auslacht, dann wollte ich, sie müsste einen nehmen, der sie alle unglücklich machte, alle ins Elend brächte!«

Indessen war in der Stube weitergesprochen worden, Rachau, der Luise gefolgt war, hatte sich mit in die Unterhaltung gemischt, und eben sagte Luise zu Mathis' Frau: »Nehmt den Korb hier und leert ihn aus; inzwischen gebt mir das Kind, ich will es halten.« Sie nahm es und trug es hin und her, ließ es hüpfen und sprach dabei mit Rachau, der über ihr neues Amt scherzte.

Mathis saß auf dem Flur und hörte sie. Er sah durch den Türspalt, wie die vornehmen Leute in seiner Hütte lustig und guter Dinge waren, wie das Fräulein von dem feinen Herrn umschmeichelt wurde, und bei alledem schwoll ihm das Herz noch bitterer auf. Der fremde Herr sagte so viel Schönes über die himmlische Herzensgüte des Fräuleins und ihren edlen Charakter und hatte so viele herzliche Glückwünsche für ihre Zukunft bereit, dass es Mathis ordentlich wohltat, als sein Kind kräftig dazwischenschrie.

Luise ließ es an ihrer Hand laufen und sagte, indem sie Rachau mit ihren großen braunen Augen ruhig ansah: »Meine Wünsche für die Zukunft richten sich auf ein einfaches und stilles Leben, das mit meinen Neigungen übereinstimmt.«

»Ganz wie ich denke«, erwiderte dieser, »aber leider kann man nicht immer seinen Neigungen folgen.«

»Unser Leben hängt immer davon ab, was wir daraus machen wollen«, antwortete Luise.

»Und Sie tragen wirklich kein Verlangen, es so glänzend und angenehm zu machen, wie es in Ihrer Macht steht?«

»Ich bin zufrieden mit dem, was ich besitze«, sagte sie, »mehr begehre ich nicht.«

»Wenn aber doch einer wagte, nach einem Glück an Ihrer Seite zu trachten, und dafür seinen ganzen Reichtum böte?«

»Dann würde ich ihm antworten müssen, dass ich ihm seine Wünsche nicht erfüllen kann, aber«, setzte sie hinzu, indem sie Rachau eindringlich anblickte, »ich würde dem Freunde sehr verbunden sein, der mir darin beistünde, dass es gar nicht erst zu solch einer Werbung käme.«

»Der Freund wird nicht zögern, Ihren Befehl zu erfüllen«, erwiderte Rachau, indem er mit einer Verbeugung nach ihrer freien Hand fasste, »wenn er weiß, dass Sie fest dazu entschlossen sind.«

»Zweifeln Sie nicht daran, Herr von Rachau«, antwortete sie mit Bestimmtheit.

»Dann alles für Ihr Glück!«, rief er. »Es möge nie getrübt werden.«

Das Kind schrie wieder aus allen Kräften, und Mathis hinkte herein. Der Knabe streckte dem zottigen Vater beide Ärmchen entgegen und hielt sich an ihm fest.

»Der Junge weiß, wohin er gehört«, sagte Rachau.

»Das sollte ein jeder wissen«, meinte Mathis mürrisch, »wenn's keiner vergessen tät, blieb mancher ungeschoren.«

»Warum bist du denn so aufgebracht?«, fragte ihn Luise freundlich.

»Ah«, sagte er, »Ihr glaubt wohl, Fräulein, wir könnten alle so glücklich sein wie Ihr? Der gnädige Herr Major hat rechtschaffen für mein Glück gesorgt!«

Luises Gesicht wurde glühendrot. »Lassen Sie uns gehen«, sagte sie zu Rachau. »Doktor Gottberg wird sehr betrübt sein«, fuhr sie zu Mathis gewendet fort, »wenn ich ihm erzähle, wie ich dich heute gefunden habe.«

»Ich frage nicht nach ihm«, grinste Mathis, »sorgt Ihr lieber dafür, dass er vergnügt und munter bleibt und lasst Euch die feinen Hände von ihm küssen!«

Diese Worte und sein Hohnlachen schallten Luise nach, die sich eilig entfernte.

»Dummkopf«, sagte Rachau lächelnd zu dem Lahmen, »da nimm!« Und indem er ihm ein großes Geldstück in die Hand drückte, folgte er Luise.

Mathis sah das Geld an und hob seine Faust dann triumphierend empor. »Ich hab's ihr gegeben!«, rief er. »Gott verdamm mich, wenn's mir leidtäte! Wie 's Blut ihr ins Gesicht schoss, wie 's Gewissen über sie kam, wie sie von dem Doktor hörte. Ich wollt, ich könnt sie alle verraten und verkaufen! Ich wollt, ich könnt sie alle unglücklich machen! – Und der da«, fuhr er nach einer Weile fort, indem er das Geldstück anstarrte, »der hat seine heimliche Freude dran gehabt.

Verdammt will ich sein, wenn er nicht –« Er hielt inne, denn seine Frau kam weinend herein und trocknete ihre Augen mit der Schürze.

Der Tisch stand gedeckt, aber das Speisezimmer war leer, im Hause herrschten Ruhe und Stille. Der Major kam soeben aus der Stadt zurück, wohin er sich geflüchtet hatte, um Wilkens aus dem Weg zu gehen. Er kam jedoch mit demselben verdrießlichen Gesicht, mit welchem er gegangen war. Kaum hatte er seinen Garten betreten, so sprang Toni ihm entgegen, indem sie ihren großen Ball in die Luft schleuderte.

»Fang ihn, Vater!«, rief sie, aber der Major hatte keine Lust zum Spielen.

»Wo ist Luise?«, fragte er.

»Eben ist sie nach Hause gekommen«, erwiderte Toni. »Der Doktor sitzt und schreibt wie besessen, und der Vetter piept dort hinten in der Laube dem lustigen Herrn Rachau etwas vor. Der hätte gern mit mir Ball gespielt, aber der Vetter verbot es ihm, und griff ihn beim Arm und schleppte ihn fort. Jetzt erzählt er ihm sicherlich die schreckliche Geschichte.«

»Welche schreckliche Geschichte?«, fragte Brand.

»Höre, Vater«, sagte Toni, »er ist ein Hasenfuß, weiter nichts, der Doktor hat ihn zur Tür hinausgewiesen. Ich habe alles mit angesehen, denn ich saß in dem Zimmer nebenan vor dem Bücherspind. Es war zum Totlachen!«

»Das hat er getan?«, fragte der Major, seine Stirn furchend.

»Du wirst doch den Doktor nicht schelten wollen«, fiel das kleine Mädchen ein. »Denke dir, Vater, der Vetter sagte, er werde Luise heiraten, dazu wäre er hierher gekommen, und er tat, als ob das für uns eine besondere Ehre wäre! Und es ist doch gewiss nicht wahr, denn Luise mag ihn nicht, und du gibst es nicht zu! Mach, dass er fortgeht, Vater!« Brand hörte schweigend zu, aber sein Gesicht wurde dabei noch düsterer, während seine Mienen gleichzeitig eine gewisse Zustimmung zu dem ausdrückten, was Toni vorbrachte.

»Du bist noch ein Kind und solltest lieber über solche Dinge schweigen«, sagte er ernst.

»Du willst es wohl nicht glauben?«, rief die Kleine gekränkt. »Frage, wen du willst, am besten Luise selbst. Da kommt sie schon, sie kann dir auf der Stelle antworten!«

Toni lief der Schwester entgegen, während der Vater ihr langsam nachfolgte. »Sage gleich die Wahrheit«, rief das Kind, »möchtest du den Vetter Wilkens heiraten oder nicht?«

Luise hielt ihr den Mund mit der Hand zu, der Vater stand mit ernster Miene vor beiden.

»Geh hinein und erwarte uns«, sagte Luise zu der Schwester, »das sind Dinge, von denen du noch nichts verstehst.«

Toni ging, wenn man ihr auch ansah, wie ungern sie es tat.

»Wir wollen unsere Gäste zu Tisch rufen«, fuhr Luise fort.

Der Vater streckte seine Hand nach ihr aus und sagte: »Wenn ich Tonis Frage wiederhole, Luise, was dann?«

»Dann, Vater«, antwortete sie, die klaren Augen auf ihn heftend, »muss ich Nein sagen.«

»Das ist dein Wille?«

»Mein fester Wille.«

Es entstand ein kurzes Schweigen. Der Major blickte vor sich hin. »Er ist reich«, murmelte er, ohne Luise anzusehen, »und wir haben zu bedenken – es ist eine ernsthafte Sache – du musst bedenken –«

»Ich habe nichts zu bedenken, lieber Vater«, fiel sie ein. »Du wirst mich nicht zwingen wollen, einen Mann zu nehmen –«

»Den du nicht magst«, sagte er lebhaft, als habe er einen endgültigen Entschluss gefasst, der sein Herz erleichterte. »Nein, mein Kind, ich zwinge dich nicht. Mir gefällt er – weiß Gott! – ebenso wenig! Aber – der Teufel hat ihn hergeführt«, setzte er mit Heftigkeit hinzu, »und ich weiß nicht, wie wir ihn wieder loswerden.«

»Ich hoffe, der Vetter wird von selbst gehen«, erwiderte Luise. »Heute Vormittag hatte ich mit Herrn von Rachau ein Gespräch, als ich mit ihm auf einem Spaziergang zusammentraf. Er suchte meine Meinung über seinen Freund auszuforschen, diese Gelegenheit nahm ich wahr, ihm unverhohlen zu sagen, dass ich keine Bewerbung des Vetters annehmen werde.«

»Das war gut«, sagte Brand, indem er sie zufrieden ansah, und wiederholte noch einmal: »Das war sehr gut! Er wird es ihm wiedersagen.«

»Ich habe ihn sogar darum gebeten.«

»Hat er es übernommen?«

»Er wird wahrscheinlich gerade dabei sein.«

»Dieser Rachau ist aus besserem Holz gemacht als der Vetter«, sagte der Major erfreut.

»Er hat versichert, mein ergebener Freund zu sein«, meinte Luise lächelnd. »Bei aller seiner Höflichkeit und Freundlichkeit ist doch nicht zu vergessen, dass er in engen Beziehungen zu Wilkens, man möchte fast sagen in dessen Diensten steht.«

»Wir wollen ihm dankbar sein, Kind, wenn er uns beisteht«, rief Brand, »im Übrigen bin ich froh, wenn wir sie beide los sind, und ich sage dir, Luise, ich fühle es jetzt ebenso recht, bei allen Umständen, die vorhanden sind –« Er brach ab und blickte sie an. »Unser guter Doktor«, fuhr er fort, »wird auch froh sein. Es wird alles gut werden, wenn wir diesen Vetter nur erst überstanden haben.«

»Ruhig, Vater, sie kommen«, sagte Luise. »Sei freundlich und geduldig.«

Sie hörten hinter dem Weinspalier Eduard Wilkens' scharfe Stimme und schwiegen still.

»Ich habe wahrhaftig nichts dagegen, wenn sie nicht anders wollen«, ließ er sich vernehmen. »Was zum Henker! Was ich tun muss, weiß ich selbst, dazu brauche ich deinen guten Rat nicht! Gehöriges kaltes Blut ist die Hauptsache, das hab ich.«

Als die beiden Freunde um die Ecke bogen, sahen sie den Major, der ihnen, seine Tochter am Arm, entgegenkam, und obgleich Wilkens gewiss sein konnte, dass seine Worte gehört worden waren, nahm er keine Notiz davon. Er streckte ihnen seine Arme entgegen und rief: »Da ist ja mein vortrefflicher Vetter und die liebenswürdige Cousine, endlich sehen wir uns! Das Landleben ist herrlich, diese Luft nicht mit Geld zu bezahlen. Man kann hier hundert Jahre alt werden, und merkt nichts davon!«

»Hoffentlich machen Sie diese Prophezeiung wahr«, erwiderte der Major.

»Ich will es wahrmachen«, lachte Wilkens, »verlassen Sie sich darauf. Mein Appetit ist für mehrere Jahrhunderte eingerichtet.«

»Und der Tisch ist gedeckt«, antwortete Luise.

»Und der ist ein Narr, der nicht frisch tafelt, was ihm geboten wird«, rief Wilkens. »Ich bin kein Kostverächter, schönste Cousine. Ich nehme mit allem vorlieb und frage nicht lange.«

Mit übermütiger Gebärde reichte er ihr seinen Arm und führte sie dem Hause zu, der Major folgte mit Rachau nach, und wenige Minuten nachher waren sie im Speisezimmer, wo auch der Doktor gleich darauf mit Toni sich einstellte.

Eduard Wilkens sah ihn so vergnügt an, wie es noch niemals der Fall gewesen. »Nun, mein gelehrtester Herr Doktor«, sagte er, »haben Sie Ihre Arbeiten vollendet?«

Gottberg verneigte sich mit seiner gewöhnlichen Zurückhaltung ohne weitere Antwort.

»Sie müssen ein Glas Wein mit mir trinken«, fuhr Wilkens fort. »Ich trinke auf Ihr Wohl, auf Ihre Zukunft, die reich an Freuden aller Art sein möge!«

Gottberg konnte nichts weiter tun, als höflich sein Glas zu erheben.

»Weisheit ist das Ziel alles menschlichen Strebens«, fuhr Wilkens fort. »Als mein Vater mich in die Welt entließ, gab er mir eine ausgezeichnete Lehre mit. ›Mein Junge‹, sagte er, ›jetzt merk auf, was ich dir anbefehle: Sei immer klug und weise und vor allem, habe Geld!‹ – Weisheit, schönste Cousine, und Geld! Darauf wollen wir anstoßen!«

»Sie haben diese Lehre gewiss niemals vergessen«, antwortete Luise.

»Niemals vergessen!«, beteuerte Wilkens. »Sie sollen bald sehen, dass ich sie niemals vergessen habe. Aber mein vortrefflicher Vetter, Sie müssen ebenfalls mit mir anstoßen. Ich fühle mich in Ihrem Hause so wohl, wie ich es gar nicht sagen kann. Ich bin so glücklich, ich kann den Gedanken gar nicht fassen, mich davon zu trennen. Es gefällt mir alles so ausnehmend, dass ich meine Tage hier beschließen möchte. Auf Ehre! – das möchte ich. Ich möchte dies Gut besitzen, wenn Sie es mir abtreten wollten.«

»Ich habe keinen Grund dazu«, antwortete Brand.

»Nicht? Gut, ich bin auch so zufrieden, ich bin immer ein zufriedener Mensch. Nur in fremde Hände soll meiner Tante Eigentum nicht kommen, das meine ich, weiter nichts. So wünsche ich Ihnen viele frohe Tage, glückliche Zeiten, Freude an Kindern und Kindeskindern. Alles, was man einem liebenswürdigen Vater nur wünschen kann. Weise Schwiegersöhne und Schwiegertöchter!«

Er lachte unverschämt dazu, und seine grellen Augen musterten vergnüglich das finstere Gesicht des alten Soldaten. Es mochte seine Absicht sein, dessen Zorn zu erregen, aber Luise machte ihrem Vater Zeichen, die ihn ermahnten, nicht die Geduld zu verlieren, und der Major bezwang sich und dankte heimlich dem guten Rachau, der sich bemühte, ihm beizustehen.

»Ich habe gehört«, sagte dieser mit seiner schmeichelnden Höflichkeit, »dass Ihr Herr Sohn schon Justizrat ist und in das Ministerium berufen werden soll und dass ihm vielleicht eine glänzende Zukunft bevorsteht. So schließe auch ich mich den vielen guten Wünschen an.«

Der Major war stolz auf seinen Sohn. »Haben Sie Dank, mein lieber Herr von Rachau«, sagte er ihm zunickend. »Ich habe meinem Sohn keine andere Lehre mit auf den Weg gegeben, als die: Wo du Unrecht siehst, leid's nicht. Daran hat er festgehalten. Der Minister scheint ihn zu schätzen, obwohl er gegen manche Mängel in der Justiz geschrieben und gesprochen hat.«

»Ein Brand im Justizministerium!«, schrie Wilkens. »Dann ist das goldene Zeitalter gekommen! Recht und Gerechtigkeit sind keine leeren Phrasen mehr! Stoßen wir alle darauf an!«

Wie widerlich übertrieben auch die Scherze waren, welche Wilkens weiter daran knüpfte, so musste ihm doch gewillfahrt werden. Er war sehr aufgeregt, trank viel Wein, lachte und schwatzte in der herausforderndsten Weise, und sein dickes blasses Gesicht färbte sich nach und nach röter. Der Major war mehr als einmal nahe daran, aufzufahren, meinte aber im Stillen, dass dies Folgen der Mitteilungen seien, welche Rachau dem Vetter gemacht hatte. Wilkens war ohne Zweifel dadurch in seiner Eitelkeit beleidigt und nicht großmütig und feinfühlend genug, um die Ablehnung seiner Werbung mit Anstand und Haltung hinzunehmen. Brand wurde dadurch noch mehr bewogen, nachsichtig allerlei Spott und Grobheit zu ertragen, er nahm sich aber vor, dass dies der letzte Auftritt dieser Art sein sollte. Er fasste den Entschluss, eine kurze und bestimmte Aussprache mit dem Gast gleich nach Tisch zu führen, aber es kam doch noch, ehe das Mahl ganz beendet war, zu einer unangenehmen Szene.

Als Wilkens seine boshaften Scherze immer weiter fortsetzte und auch mit anzüglichen Bemerkungen im Hinblick auf das Verhältnis Gottbergs zu seinen beiden Schülerinnen nicht sparte, verlor der Major die Geduld. Er warf das Tellertuch auf den Tisch und stand mit solcher Heftigkeit auf, dass Wilkens erschrak. Die furchtsame Seite seines Charakters erhielt die Oberhand über seine Unverschämtheit, doch stellte der genossene Wein das Gleichgewicht wieder her.

»Was ist denn geschehen?«, rief er. »Sie wollen mir doch nichts übel nehmen?«

»Es ist nichts geschehen«, antwortete der Major mit so vieler Ruhe, als er aufzubringen vermochte, »aber es soll auch nichts weiter geschehen. Lass den Kaffee in den Garten bringen, Luise. Wir müssen diesen Dingen ein Ende machen.«

Er entfernte sich, aber Wilkens rief ihm nach: »Dann noch ein Glas auf das gute Ende, verehrter Vetter! Und jetzt bin ich bereit, schönste Cousine, allen Torheiten abzuschwören.«

In dieser Beteuerung lag etwas Wahres, denn Wilkens suchte sich nun einen höflicheren Anstrich zu geben, und als der Kaffee erschien und der Major mit dem Zigarrenkästchen kam, schien alles ausgeglichen zu sein und sich versöhnlicher zu gestalten. Wilkens pries die Zigarren, lobte den Kaffee, wandte sich mit gefälligen Worten bald an Brand, bald an Luise, bald an seinen Freund Rachau, und bedauerte, dass der Doktor sich schon wieder entfernt hatte. Dann beklagte er, dass irdisches Wohlbehagen nicht ewig dauern könne, und nach manchen ähnlichen Bemerkungen, die nicht erwidert wurden, schlug er selbst einen Spaziergang vor zu den schönen Waldhügeln, wo es ihm so herrlich gefallen habe.

»Ich glaube wirklich, dass ich Ihrem vortrefflichen Wein zu viel Verehrung bezeigt habe, mein teuerster Vetter«, sagte er. »Mein Kopf ist schwer wie Blei, und da Weintrinken sonst nicht meine Sache ist, bin ich umso unvorsichtiger gewesen.«

»Ein Glas zu viel schadet nicht«, erwiderte der Major, »wenn nur sonst der Kopf auf dem rechten Fleck sitzt. Ich habe zunächst einen Gang nach der Mühle zu machen. Wollen Sie mich begleiten, so treffen wir später mit den anderen wieder zusammen.«

»Ich gehe mit Ihnen«, sagte Wilkens. »Wir haben Stoff genug, uns zu unterhalten. Ist es nicht wahr?« Er griff dem Major lachend unter den Arm und schwenkte seinen Hut vor Luise. »Auf Wiedersehen also, schönste Cousine, zürnen Sie mir nicht, wenn ich Sie treulos verlasse.«

So entfernte er sich mit seinem Begleiter, aber seine scharfe Stimme war noch lange zu hören. Es schien Herrn Eduard Wilkens behaglich zumute zu sein. Er lachte und scherzte weiter, pries den kühlen Waldschatten und dankte dem schweigsamen alten Soldaten für die große Geduld, welche er ihm bezeige.

»Geduld«, rief er dann, ihn lustig anblinzelnd, »ist aber auch die allerchristlichste Tugend! Sanftmut ziert jeden Menschen! Man muss niemals zornig werden, ich hasse nichts mehr als Zorn. Zornige Menschen verkümmern sich das Leben und werden niemals alt. Also alles ohne Leidenschaft, mein bester Vetter!«

»Sie haben recht«, antwortete Brand, »wir müssen ohne Leidenschaft uns aussprechen.«

»Also wir wollen uns aussprechen. Gut, das ist meine Absicht.«

»Die meinige ebenfalls.«

»Sie wollen also eigentlich gar nicht nach der Mühle gehen?«

»Allerdings. Aber ich wollte mich zunächst in passender Weise Ihnen erklären.«

»Herrlich, teuerster Vetter«, rief Wilkens, »auch meine Zeit drängt, und unsere Angelegenheit ist von so eigentümlicher Art, dass ich danach verlange, je eher, je lieber zum Abschluss zu kommen.«

»Ich verarge es Ihnen nicht«, erwiderte Brand. »Meine Meinung ist –«, er stockte und ging schweigend weiter auf dem Pfad in den Wald hinein. »Es wird mir schwer, für das, was ich Ihnen mitteilen muss, den richtigen Anfang zu finden.«

»Lassen Sie sich Zeit«, versetzte Wilkens verbindlich. »Sind wir denn hier auf dem richtigen Wege?«

»Der richtige Weg«, antwortete der Major, »ist doch immer der gerade und offene. So sage ich Ihnen denn geradeheraus, dass ich – dass es mir leidtut, aber –«, er hielt wieder inne und besann sich.

»Sie sind vom richtigen Wege abgekommen«, lachte Wilkens.

»Sie haben recht«, erwiderte Brand. »Besser ist es, wenn ich Sie selbst frage, ob schon Absichten – zum Henker! – mit einem Worte denn«, unterbrach er sich ungeduldig, »ob Sie Luise lieben?«

»Lieben?« Eduard Wilkens lächelte. »Dies ist eine eigentümliche Frage, bester Vetter. Ich bin entzückt von ihrer Liebenswürdigkeit. Beim Lieben aber ist zu bedenken, was man überhaupt unter Liebe versteht.«

»Ich weiß nicht, was Sie darunter verstehen«, sagte Brand, »aber – wollen Sie meine Tochter heiraten?«

»Gewiss. Wenn ich so glücklich sein kann.«

»Noch jetzt?«, fragte der Major.

»Warum nicht, mein bester Vetter?«

»Ich denke – hat Ihnen Rachau nichts mitgeteilt?«

»Das hat er.«

»Und Sie können noch immer diese Absicht hegen?«

»Meine liebenswürdige Cousine zu meiner Frau zu machen? Immer bin ich dazu bereit!«, rief Wilkens.

»Wenn ein Mädchen sich derartig ausspricht, wie Luise es getan hat«, sagte der Major streng und laut, »so glaube ich, dass ein Mann von Ehre seine Hoffnungen aufgeben muss.«

»Das ist ganz natürlich, mein teuerster Vetter, und ich bin weitab davon, mich meiner grausamen Cousine aufzudrängen«, versetzte Eduard Wilkens. »Ich bedaure es innigst, keine Gnade gefunden zu haben, meine Absichten waren die besten.«

Der Major fühlte sich versöhnt. »Ich hoffe«, erwiderte er, Wilkens seine Hand bietend, »Sie tragen uns darum keinen Groll nach.«

»Befürchten Sie das nicht«, entgegnete Wilkens, ihm die Hand schüttelnd, »mir ist alle Rachsucht fremd. Den Neigungen des Herzens kann niemand befehlen. Möge meine liebe Cousine unbehindert ihren Neigungen folgen, sie treffen ohne Zweifel einen würdigeren Gegenstand, als ich es bin.«

»Sie sind gereizt«, sagte der Major, »es sollte mir leidtun, wenn Sie uns gekränkt verließen.«

»Gewiss nicht«, beteuerte Wilkens. »Morgen werde ich reisen.«

»Bleiben Sie noch einige Tage.«

»Das geht nicht an. Ich habe nichts mehr hier zu tun. Aber ich werde immer mit freundlichen Gefühlen zurückdenken und sehr erfreut sein, wenn ich höre, dass es Ihnen wohlgeht.«

»Ich danke Ihnen, lieber Vetter«, antwortete Brand mit mehr Herzlichkeit, als er bisher jemals seinem Gast zugewandt hatte. »Wenn es so sein muss, so reisen Sie morgen, aber kehren Sie bald einmal zu uns zurück.«

»Wer weiß«, sagte Wilkens. »Im nächsten Jahr möchte ich nach Italien gehen. Inzwischen haben Sie Zeit, unsere Angelegenheit ganz, wie Sie es wünschen, zu regeln.«

»Was meinen Sie?«, fragte der Major.

»Nehmen Sie sich Zeit ganz nach Ihrem Belieben. Es hat, wenn Sie wollen, bis Neujahr Zeit.«

Der Major blickte ihn starr an. »Oder wenn es Ihnen lieber ist«, fuhr Wilkens unbefangen fort, »und wenn Sie können und wollen es, so machen wir es kurz ab. Ich bleibe dann bis übermorgen.«

»Ich verstehe Sie noch immer nicht. Wollen Sie etwa auf die Testamentsbestimmung dringen?«

»Gewiss, mein bester Vetter, das ist doch wohl meine Pflicht«, lächelte Wilkens.

»Ist das Ihr Ernst?«, rief Brand, dunkelrot im Gesicht.

»Ich sollte meinen, mit zwanzigtausend Talern spaßt man nicht«, antwortete Wilkens.

Der Major schien völlig überrascht. Er stand still und suchte sich zu besänftigen. »Ich leugne nicht«, begann er dann, »dass Sie diese Forderung machen können – in wenigen Wochen wäre es nicht mehr der Fall gewesen. Ihr Vater hat nie daran gedacht. Niemand hat denken können, dass die verrückte Bestimmung jemals Folgen haben würde.«

»Es ist mit Testamenten eine sonderbare Sache«, fiel Wilkens ein.

»Können Sie es vor sich selbst verantworten, können Sie unter den Verhältnissen, welche Sie kennen, das Geld fordern?«

»Es tut mir leid«, sagte Wilkens, »aber ich sehe nicht ein, warum Sie Großmut von mir verlangen.«

»Großmut?«, brauste der heftige Mann auf. »Bei Gott nein! Aber Scham und Schande über Sie! Das war von Anfang an Ihre Absicht!«

»Mäßigung, mein verehrter Vetter, ohne Leidenschaft, das ist die Hauptsache«, sagte Wilkens mit arglistiger Sanftmut, die ihn noch abstoßender machte. »Ich bin noch immer ganz zu Ihren Diensten, noch immer bereit, meine liebenswürdige Cousine zu heiraten, wie es das Testament vorschreibt.« Er streckte seine Hand aus.

»Heiraten!«, rief der Major mit flammenden Augen. »Luise will Sie nicht!«

»So befehlen Sie es ihr.«

»Sie sind ein Elender!«, schrie Brand in höchstem Zorn.

»Weil ich von einer Erbschaft, die von Rechts wegen mir allein gehörte, einen Teil mir wenigstens nicht entreißen lassen will, nicht wahr?«, versetzte Eduard Wilkens mit kaltem Hohn. »Da kommt's hinaus?«

»Verlassen Sie mich jetzt«, sagte der Major, »ich könnte sonst –«

Wilkens sprang hastig zurück. »Lahm will ich mich nicht machen lassen«, erwiderte er, »totschlagen auch nicht, aber mein Geld will ich haben – mein Geld!«

Seine Worte machten auf den jähzornigen Mann einen furchtbaren Eindruck. Einige Augenblicke blieb er sprachlos, dann sagte er, so kalt und verächtlich es ihm möglich war: »Sie sollen haben, was Ihnen gebührt. Gehen Sie jetzt. Ich werde Mittel und Wege finden, Sie zu befriedigen.«

Mit diesen Worten Verließ er ihn. Wilkens blieb stehen und blickte ihm nach, dann lachte er leise und sah sich nach allen Seiten um. »Nun, so haben wir ja, was wir wollen!«, rief er lustig. »Lauf zum Teufel, Alter! Sehe jeder, wo er bleibe!«

Erst nach einigen Stunden, als die Gesellschaft längst auf dem Waldhügel gewartet hatte, sah Luise ihren Vater kommen, aber von einer anderen Seite als dort, wo es zur Mühle hinabging. Er kam mitten durch das Gehölz hinter den Hügeln, und mit Freudengeschrei flog ihm Toni entgegen, mit Blumenkränzen geschmückt und eine lange Blumenkette in ihren Händen, mit welcher sie ihn zu umwinden suchte.

»Du bist mein Gefangener, Vater! Zur Strafe musst du gefesselt werden!«

»Was habe ich denn verbrochen?«, fragte er.

»Du hast uns so lange warten lassen, dass es Luise ganz angst und bange geworden ist.« Luise hatte sich inzwischen ebenfalls genähert. »Wo ist Herr Wilkens?«, fragte sie.

»Ist er nicht hier?«, antwortete der Major. Er blickte sich um und sah nur den Doktor und auf dem Hügel am Tisch Rachau, der sich mit einem Berg Feldblumen beschäftigte. »Dann ist er nach Haus gegangen«, fügte er hinzu, »er hat mich nicht weit begleitet.«

»Aber wir haben ihn nicht gesehen«, sagte Luise, »obwohl wir weit später gingen, als ich dachte. Es kam ein Händler aus der Stadt, der mich aufhielt. Und Herrn von Rachau ist er auch nicht begegnet.«

»So wird er seine eigenen Wege gegangen sein. Lass ihn, Kind, es ist gut so, und«, er lächelte mit einem Ausdruck von Zufriedenheit, »er hat vielleicht einige Gründe, nicht hier zu sein«, flüsterte er ihr ins Ohr. »Wie habt ihr euch unterhalten?«

»Wir haben uns ganz herrlich unterhalten, Vater!«, rief Toni. »Der Herr Rachau versteht die prächtigsten Spiele, auch Kränze kann er flechten, Kunststücke kann er machen, und du wirst staunen, wie gut er zeichnet und was für schöne Bilder er mit Luises Stickschere aus Papier geschnitten hat!«

»Er ist ein Tausendkünstler, der alles versteht«, lachte der Major, »wir wollen alle bei ihm in die Schule gehen.«

Während die Kleine plauderte, waren sie den Hügel hinaufgegangen, wo Rachau noch immer Blumen flocht und in seiner gewinnenden Weise den Major begrüßte. »Ich habe auf meinem Weg hierher den ganzen Wald geplündert«, sagte er lachend, »um unser Abschiedsfest zu einem Blumenfest zu machen.«

»Also munter«, rief Brand, indem er ihm die Hand schüttelte. »Gibt es nicht etwas zu trinken hier? Ich habe Durst mitgebracht!«

Er begrüßte auch Gottberg, der sich wie immer still und bescheiden im Hintergrund hielt, setzte sich dann auf die Bank, nahm seinen Hut ab und griff nach dem gefüllten Glas, das ihm gereicht wurde. Dabei erzählte er, dass er in der Mühle gewesen sei, dass der Müller ihm seine Not geklagt habe über die Beeinträchtigung, welche ihm durch das Wehr der neuen städtischen Mühle zugefügt werde, und dass er selbst bis dorthin gegangen sei, um sich von der Wahrheit zu überzeugen.

»Und hast du es so gefunden?«, fragte Luise.

»Allerdings«, erwiderte er, »es ist widerrechtlich, und ich werde es nicht dulden, da ich auch nicht zu denen gehöre, die sich geduldig ausplündern lassen. Noch ein Glas Wein, Kind, es tut mir gut!«

Toni lief mit der Flasche herbei. »O weh!«, rief das Kind, als ihm der Vater das Glas reichte. »Was ist denn das? Das ist ja Blut! Wo kommt das Blut her?«

»Es kommt von meiner Hand«, sagte der Major, und indem er seine Finger betrachtete, setzte er hinzu: »Da ist ein kleiner Riss, ich habe mich an einem Dorn geritzt.«

»Sitzt er noch drin, Vater?«

»Nein, Kind, Dornen muss man ausreißen, damit sie nicht noch einmal stechen.«

Toni widmete sich wieder den Blumen und Kränzen, während sie mit Rachau die lustigsten Possen trieb, und ihre kindliche Freude war ansteckend genug, um eine geraume Zeit fröhlich vergehen zu lassen. Der Major war lange nicht so heiter gewesen. Seine mächtige Stimme schallte weit durch den Wald, aller Missmut, der ihn bedrückt, schien verschwunden. Er sprach mit vieler Lebhaftigkeit, bald mit Rachau, bald mit dem Doktor, trank noch mehr als ein Glas dabei leer, was wenig mit seinen Gewohnheiten übereinstimmte, und schien zu vergessen, dass die Zeit verging und die Baumspitzen sich rot färbten.

Endlich mahnte Luise zum Aufbruch, weil der Abend schon fortgeschritten sei und weil, setzte sie hinzu, man doch den Vetter, der durchaus nicht kommen wolle, nicht länger einsam lassen könne.

»Richtig«, sagte Brand, »wir müssen nach ihm ausschauen, wenn er auch in seiner Einsamkeit gut aufgehoben ist. Alles muss ein Ende haben. Packt zusammen, Kinder, wir wollen nach Hause.«

Luise benutzte einen Augenblick, wo der Vater neben ihr stand, zu einer leisen Frage. »Wie war es?«, flüsterte sie.

»Alles gut, mein Kind.«

»Du hast dich ihm erklärt?«

»Er wird dich nicht mehr belästigen.«

»Wie nahm er es auf?«

»Du sollst alles erfahren. Was es auch kosten mag, wir sind ihn los. Ich habe die Last abgeschüttelt, darum ist mir so wohl.« Er drückte ihr zärtlich die Hand.

Die anderen kamen herbei. Rachau nahm Luise das Körbchen fort, Toni stritt sich mit ihm darum und lief ihm nach, um ihn zu fangen. Ihr fröhliches Rufen und ihr Gelächter schallte durch den abendlichen Wald.

Der Major hatte seinen Arm in des Doktors Arm geschoben, an seiner anderen Seite ging Luise, so folgten sie den beiden nach.

»Der ist wie ein Hirsch auf seinen Beinen«, sagte Brand schmunzelnd, »mit dem kommen auch Sie nicht mit, Doktor!«

»Ich habe es noch nicht versucht«, erwiderte Gottberg.

»Wenn er fort sein wird, werden wir ihn vermissen. Er ist ein guter Gesellschafter.«

»Das bin ich nicht, und darum –«, der Doktor schwieg, und der Major sah ihn an.

»Nun, was darum? Was meinen Sie, Doktor?«

»Ich habe den Satz nicht richtig begonnen«, fuhr Gottberg fort. »Ich wollte sagen, dass, wenn ich auch kein guter Gesellschafter bin, ich dennoch hoffe, Ihrer Güte für mich niemals unwert gewesen zu sein.«

»Unwert, Doktor? Was sind das für steife Worte? Was soll das bedeuten?«

»Dass ich hoffe, wenn ich nicht mehr – wenn ich fort von Ihnen bin – Ihr Wohlwollen nicht zu verlieren.«

»Sie wollen uns doch nicht verlassen?«, rief der Major.

»Ich glaube, dass es nötig ist«, antwortete Gottberg.

»Alle Donner! Wie kommen Sie darauf?«

»Sie haben mich so herzlich, so väterlich aufgenommen«, fuhr Gottberg fort.

»Und ist das etwa ein Grund für Sie zu gehen?«, unterbrach ihn Brand.

»Käme es auf mich an, dann – dann wüsste ich nicht, wann dieser Tag anbrechen würde, allein –« Gottbergs Stimme wurde unsicher, er stockte. »Meine Überzeugung sagt mir«, fuhr er dann ruhiger fort, »dass ich meinem Lebensberuf folgen muss, an dem meine Zukunft hängt.«

»Sie haben also etwas Bestimmtes vor?«, fragte der Major, nachdem er einige Minuten lang geschwiegen.

»Ich denke, in die Hauptstadt zurückzukehren und mich um eine Lehrstelle zu bewerben.«

»Dazu wird noch immer Zeit sein«, sagte Brand. »Ich glaube, dass Sie zu solchem Schulwesen nicht passen. Mein Sohn hat mir erst neulich darüber geschrieben. Gottberg, schreibt er, muss nicht in Schulstuben eingepfercht werden. Er muss an eine Universität, muss für die Wissenschaft wirken, aber behaltet ihn noch bei euch und lasst ihn nicht fort, bis die richtige Stellung für ihn gefunden ist.«

»Um diese Stellung handelt es sich eben«, erwiderte der Doktor.

»Gut. So werden Sie sie suchen. Aber bis sie gefunden ist, bleiben Sie bei uns.«

Sie gingen schweigend weiter. Dann sagte Gottberg mit entschlossener Stimme: »Das darf ich nicht annehmen.«

»Sie dürfen nicht?«, fragte der Major. »Alle Wetter, warum dürfen Sie nicht? Sehnen Sie sich denn fort von uns? Ruft Sie etwa ein anderer Kreis von Menschen, die Ihnen näher stehen?«

»Sie wissen«, erwiderte Gottberg, »dass ich weder Eltern noch nahe Verwandte habe.«

»Dann sind es vielleicht Verhältnisse, die ich nicht kenne?«

»Ich bin von keinen Verhältnissen bedrängt, aber da ich kein Vermögen besitze, auch nichts, was mich unterstützte, Ansprüche zu erheben, oder was mich ermutigen könnte, dem Zufall zu vertrauen, so muss ich umso besonnener meine Lage bedenken.«

»Oho!«, rief Brand. »Ich verstehe. Sie wollen sich nicht in Gefahren begeben!« Er sah ihn mit wohlgefälligem Lachen an. »Was sagst du dazu, Luise?«

»Ein Mann muss wissen, wie er Gefahren behandelt.«

»Bravo, meine Tochter«, rief Brand, »er muss ihnen tapfer entgegengehen, so wird er sie besiegen. Heda, Doktor! Man muss nicht davonlaufen!«

»Es kann Fälle geben«, antwortete Gottberg düster, »wo es ehrenhafter ist, davonzulaufen, als zu bleiben.«

»Nichts da!«, rief der Major. »Sturm gelaufen, bis der Feind sich ergibt! Donner und Schlag! Ist denn keine Hilfe da? Wenn es wahr ist, was Sie sagen, Gottberg, wenn ich es wie ein Vater mit Ihnen meine, so müssen Sie auch Vertrauen haben.«

»Sie sehen mich überrascht«, erwiderte Gottberg, »es schien mir gerade in der letzten Zeit –« Er hielt inne und atmete tief. Dann richtete er seine Augen fest auf den Major und sagte bewegt: »Wenn es also ein Irrtum von mir ist – wenn ich sagen darf –«

»Vorwärts, Doktor, heraus mit der Sprache«, unterbrach ihn Brand, indem er ihm mit herzlicher Miene seine Hand reichte.

In diesem Augenblick jedoch durchdrang ein fürchterlicher Schrei den Wald.

»Was ist das? Das ist Toni! Wo ist sie? Toni!«, riefen Luise und ihr Vater abwechselnd erschreckt, während der Doktor schon mit großen Schritten in die Richtung eilte, aus welcher der Schreckensruf gekommen war. Das gellende Schreien des Kindes kam von den buschigen Hügeln zur Rechten. Dorthin wandte sich Gottberg, und die anderen folgten ihm eiligst.

In diesem Augenblick kam ihnen Toni mit weit ausgestreckten Armen entgegen. »Vater! Vater!«, schrie sie atemlos und bleich. »Schnell – schnell!«

»Wohin? Warum?«, rief Brand.

»Er ist tot! Er liegt tot!«, schrie das kleine Mädchen, das jetzt seinen Vater erreicht hatte und ihn angstvoll umklammerte.

»Wer?«, fragte er entsetzt. »Rachau?«

Toni hatte sich schon aufgerafft und flog vor ihnen her. In wenigen Minuten erreichten sie alle den Schauplatz.

Es war eine kleine Einsenkung zwischen den Hügeln, umringt von hohen Waldbäumen. Ein schmaler Pfad lief quer darüber hin, der Rasen grünte üppig, von Wiesenblumen durchstickt, zwischen denen da und dort Buschwerk von wilden Rosen aufwucherte. An einem Strauch dicht bei dem Pfad lag eine menschliche Gestalt, lang ausgestreckt und unbeweglich, eine andere kniete an deren Seite und schien mit ihr beschäftigt. Sie hob den niedergebeugten Kopf auf, als sie die Stimmen hörte, und Brand erkannte sogleich, dass es Rachau war.

»Nun, Gott sei Dank!«, rief er aus. »Aber – was ist das?«

»Sehen Sie selbst«, sagte Rachau, indem er aufstand und sich schmerzvoll abwandte.

»Heiliger Gott!«, schrie der Major. »Wilkens!«

»Er ist tot«, sagte Rachau.

»Tot? Schafft Hilfe herbei! Ruft Menschen, Gottberg! Holt den Arzt aus der Stadt! Luise – schafft Leute!«

Luise sah aus, als habe sie nichts verstanden. Totenbleich wankte sie auf ihren Füßen. Plötzlich fiel sie ihrem Vater um den Hals und rief mit erstickter Stimme: »Es kann nicht sein! Es kann nicht so sein!«

»Eine Ohnmacht – vielleicht nur eine tiefe Ohnmacht!«, stöhnte der Major.

Gottberg war neben dem Leichnam nochmals niedergekniet. Langsam zog er seine Hand zurück und stand auf. »Er ist kalt«, sagte er tonlos. »Das Leben muss ihn seit mehreren Stunden verlassen haben. Wo trennten Sie sich von ihm?«

»Keinen Büchsenschuss von hier, dort oben, wo die drei Schwarztannen stehen.«

»Dann ist er kurze Zeit darauf hier niedergefallen. Sein Tod muss augenblicklich erfolgt sein.«

»Sein Tod? Ist er denn tot?«, rief der Major. »Das ist schrecklich!«

»Daran ist leider kaum noch zu zweifeln.«

»Und plötzlich – plötzlich, glauben Sie?«, fragte Luise.

»Ohne Zweifel«, sagte jetzt Rachau. »Sehen Sie doch, er ist mit dem Kopf in die Dornen des Strauches gefallen.«

Das graubleiche Gesicht des Toten zeigte an mehreren Stellen blutige Spuren. Seine Augen standen weit offen, es war ein schrecklicher Anblick. Luise deckte krampfhaft schluchzend die Hände über ihr Gesicht.

»Ich habe es längst befürchtet«, sagte Rachau. »Er hatte alle Anlagen dazu, eines jähen Todes zu sterben. Wer ihn kannte, musste zu solchen Gedanken kommen.«

»Ein Herzschlag, meinen Sie?«, fragte Luise.

»Was kann es anderes sein? Bedenken Sie, wie aufgeregt er war, heute besonders, wo er viel Wein getrunken. Längst hatten die Ärzte ihm aufregende Getränke verboten, er war auch sonst ängstlich besorgt um seine Gesundheit, aß abends niemals mehr als eine Suppe, aus

Furcht, es könnte ihm schaden. Hier hat er alle Vorsicht vergessen, und sein Schicksal hat ihn ereilt, wo er es am wenigsten erwartete.«

»Sie haben recht«, sagte der Major, »so muss es geschehen sein, so kann es nur geschehen sein!«

»Dieser Unglücksfall«, meinte Rachau, »wird allerdings vieles verändern.«

»Vor allen Dingen«, wandte Gottberg ein, »müssen wir ärztliche Hilfe herbeischaffen, wie wenig auch davon zu erwarten ist.«

»Recht«, fiel Brand ein, »es muss festgestellt werden, wodurch sein Tod erfolgte. Schließlich liegt er auf meinem Grund und Boden.«

»Und Sie sind sein nächster Verwandter«, schaltete sich Rachau ein.

»Wir müssen ihn nach Haus bringen, müssen alles tun, was die Umstände erfordern. Es hilft nichts, Luise«, wandte sich Brand an seine Tochter, »er ist hin. Ich habe manchen sterben sehen, der es nicht dachte, jung und lebensfrisch, und dieser hier, unser armer Vetter – es tut mir leid, dass es ihm so gehen muss – aber – aber –« Was der alte Soldat in seiner Aufrichtigkeit sagen wollte, blieb ihm in der Kehle stecken, und es war gut, dass in diesem Augenblick Toni wieder herbeirannte, der mehrere Leute folgten.

Das Kind hatte entschlossener gehandelt als alle anderen. Es war bis in den Garten des Gutes gelaufen und fand dort den Gärtner mit einigen anderen Männern, welche es mitbrachte. So war die erste Hilfe denn rascher bei der Hand, als man es dachte. Die Männer ergriffen den schweren Körper, hoben ihn auf und trugen ihn fort, wobei die Gewissheit sich befestigte, dass das Leben in ihm längst erloschen sei. Als der Trauerzug sich dem Hause näherte, kamen die Mägde und eine Menge anderer Leute, die sich dort gesammelt hatten, ihnen aufgeregt entgegen. Der Major schrie nach dem Wagen, um den Arzt zu holen, alle Hände regten sich jetzt, die etwas tun zu können meinten, und es wurden verschiedene Versuche gemacht, um mit Reiben und Bürsten und mit kräftigen Essenzen den erloschenen Lebensfunken anzufachen. Es blieb jedoch alles vergebens.

Der Arzt sah sofort, wie es stand. Er war am Tage zuvor erst im Hause gewesen, ließ sich den Fall erzählen, betastete den Toten an Hals, Leib und Kopf und sagte dann achselzuckend: »Als ich ihn gestern sah, den kurzen Hals, den dicken Kopf, die, die vorgedrängten Schultern, das bleiche dicke Gesicht, erkannte ich auf der Stelle die Gefahr, in welcher der gute Herr Wilkens sich befand, und wusste im Voraus, welches Ende es mit ihm nehmen würde. Es saß jeden Tag seit Langem schon der Tod an seiner Seite bei Tische. Ein gutes Diner, eine feurige Flasche Wein und dazu diese enge Halsbinde, das konnte nicht gut gehen.«

»Er hat allerdings heute Mittag ziemlich viel getrunken«, sagte der Major.

»Und die Halsbinde trug er immer straff angezogen«, fügte Rachau hinzu.

»Nun, meine Herren, so dürfen Sie sich auch auf keinen Fall über dieses Unglück wundern. Ich bin überzeugt, Herr Wilkens könnte sich selbst nicht darüber verwundern, wenn es ihm möglich wäre.«

»Was ist es also gewesen?«, fragte Brand.

»Nichts weiter als ein Gehirnschlag, ein ganz entschiedener Gehirnschlag. Sehen Sie hier die Blutspuren an der Nase. Die Zeichen sind unverkennbar. Es ist sehr betrübend, aber dagegen haben wir noch kein Mittel. Leider kommen viele solcher Fälle vor. Ich warne jeden Herrn mit dickem Hals, keine feste Halsbinde umzubinden! Merken Sie sich das, meine Herren! Jetzt bleibt nichts übrig, als ihn zu begraben; das ist ein Geschäft, das den Lebendigen immer zufällt. Es ist schlimm, aber es bleibt doch nichts weiter übrig, denn die Toten haben ein unfehlbares Mittel, die Lebendigen dazu zu nötigen, und dieser gute dicke Herr Wilkens wird nicht ermangeln, es recht bald anzuwenden.«

Niemand antwortete darauf. Der Arzt stieg wieder die Treppe hinab in die Wohnräume. Die Leiche des unglücklichen Vetters blieb auf dem Bett des düsteren gewölbten Zimmers liegen, das er so eifrig für sich ausgesucht hatte.

Unten warteten die anderen auf Nachricht, und der Arzt setzte ihnen auseinander, warum Wilkens notwendig sterben musste, und da er sich mit Wein erfrischte und auf sein Befragen erfuhr, dass dieser von derselben Art sei, welcher dem Verewigten so gut gemundet, rief er mit dem Stolz seiner wissenschaftlichen Unfehlbarkeit: »Da haben wir's ja, dieser Rheinwein, dies Gift, dieser Sechsundvierziger mit seiner Glut kann ganz andere Adern sprengen! Das ist so gut, als hätte er den Vesuv im Leibe, wenn er eine Flasche davon ausleerte. Und dazu die enge Halsbinde! Es ist lächerlich, wenn man denkt, es hätte anders kommen können. Wenn ich dabei gewesen wäre, lebte er noch, denn ich hätte es nicht gelitten, und wenn ich selbst hätte die Flasche austrinken sollen!« Dabei schenkte sich der Arzt ein neues Glas ein, erzählte weiter von verschiedenen ähnlichen Fällen in seiner Praxis und hörte nicht eher auf, bis die Flasche leer war. Dann ging er mit allerlei Trostworten, sich in Unvermeidliches zu fügen, und versprach, den Totenschein gleich morgen auszustellen.

Das Ereignis, das so plötzlich und grauenvoll hereingebrochen war, hinterließ bei allen eine tiefe Beklemmung, und manche Umstände trugen dazu bei, die bedrückten Gemüter noch nachdenklicher und verschlossener zu machen.

Nachdem der Arzt das Haus verlassen, hatte sich Gottberg zurückgezogen; Luise traf verstört einige notwendige Anordnungen, wobei Toni, blass und erregt, nicht von ihrer Seite wich.

Im Zimmer des Majors saßen sich Brand und Rachau eine Weile stumm gegenüber. Die Gedanken des Hausherrn kreisten ruhelos um seine Auseinandersetzung mit Wilkens bei ihrem gemeinsamen Gang durch den Wald. Konnte er Luise und den anderen mitteilen, welcher Art dieses Gespräch gewesen sei?

»So sind Sie also der letzte gewesen, der meinen teuren Freund lebend gesehen hat«, unterbrach jetzt Rachau das Schweigen, »wie bedauerlich, dass er sich von Ihnen trennte.«

Brand fühlte seinen Kopf plötzlich glühend heiß werden und warf einen scheuen Blick auf den Sprecher, der ihn aufmerksamer als sonst zu betrachten schien, wenngleich seine Miene die gewohnte freundliche Verbindlichkeit ausdrückte. Ein fürchterlicher Gedanke durchzuckte den Major. Er zwang sich zur Ruhe und wiederholte dann, dass Wilkens sich von ihm getrennt habe, weil er gefunden, dass der Weg doch für ihn zu anstrengend werde, und dies sei an den drei Schwarztannen geschehen. Dort habe er Abschied genommen, umgesehen habe er sich nicht, auch nicht den geringsten Laut oder Ruf gehört.

»Es ist also kein Zweifel«, erwiderte Rachau, »dass mein unglücklicher Freund keine Zeit behielt, einen Schrei auszustoßen. Bei allen seinen Eigenheiten wird er mir doch unvergesslich bleiben, und ich werde sein Andenken bewahren. Wir werden und können ihn wohl alle nicht vergessen, so auch Sie, verehrter Herr von Brand, Ihnen stand er nahe, und seine Hoffnungen führten ihn hierher. Er achtete und schätzte Sie, ich hörte nie, dass er irgendeinen Menschen höher achtete.«

Unruhig rückte der alte Soldat auf seinem Stuhl, und seine Wahrheitsliebe konnte sich nicht enthalten, eine einschränkende Antwort zu geben. »Ich weiß nicht, ob Sie recht haben«, antwortete er, »ich habe wenigstens nicht viel davon gemerkt.«

»Brechen wir ab davon«, entgegnete Rachau sanft und höflich, »er hatte manche treffliche Eigenschaften, und Ihre Erinnerung an ihn wird umso nachhaltiger sein, da Sie jedenfalls der nächste Verwandte sind.«

Bei diesen bedeutungsvollen Worten stand Brand erregt auf und ging mit raschen Schritten durch das Zimmer. »Wollte Gott«, rief er aus, »ich hätte ihn nie gesehen und nie von ihm gehört! Ich würde niemals das Geringste begehrt haben. Und auch jetzt nicht! Auch jetzt nicht!«

Es entstand ein kurzes Schweigen, während der Major weiter auf und ab ging, dann sagte Rachau: »Sein Vermögen muss bedeutend sein.«

»Lassen wir das«, antwortete Brand ungestüm. »Geld! Das verfluchte Metall! Wohin bringt es die Menschen? Alle Schlechtigkeit steckt darin.«

Der Rest des Abends verlief stumm und ernst. Niemand wagte mehr den Gegenstand zu erörtern. Der Major hätte damit beginnen müssen, sein düsteres Schweigen verschloss den anderen die Lippen, und endlich entfernten sich alle, um sich ihrem Nachdenken und dem Vergessen bringenden Schlaf zu überlassen.

Zuletzt machte Toni noch einen Versuch, ihren bekümmerten Vater zu trösten. Sie setzte sich auf seine Knie, schlang beide Arme um ihn und sagte: »Du musst es dir nicht so sehr zu Herzen nehmen. Es ist zwar schrecklich, dass er nun da oben in der Spukstube liegt, und ich habe es ihm wohl gesagt, dass er nicht dort wohnen sollte, weil es Unglück bringt, aber er hat mich ausgelacht. Aber, Vater, er war doch kein guter Mensch. Er sah oft so höhnisch aus, als hätte er recht etwas Böses im Sinn, und im Grunde kann ich mich nicht so sehr betrüben. Denn nun braucht ihn Luise ganz gewiss nicht zu heiraten, und er kann uns allen nichts mehr zuleide tun.«

Der Major ließ sie nicht enden. Er schob sie hastig von sich und sagte rau: »Geh zu Bett und hüte deine kindliche Zunge vor solch albernen Worten! Fort mit dir!«

Lange Zeit nachdem Toni, Tränen in den Augen, sich fortgeschlichen hatte, ging Brand noch mit harten schweren Schritten umher. Zuweilen hielt er ein, setzte sich in den Sessel am Tisch nieder, kreuzte seine

Arme und blickte starr in das Licht, das langsam niederbrannte. Jetzt erst, wo er allein war, die ganzen Folgen dieses jähen Todesfalles nach allen Seiten hin zu überlegen. Von welchen Gefahren war er plötzlich befreit, aus welchen ängstlichen Sorgen sah er sich wie durch ein Wunder gerettet. Er dachte noch einmal darüber nach, wie es ihm möglich geworden sein möchte, den habgierigen Wilkens zu befriedigen, was erfolgt sein würde, wenn er es nicht gekonnt, und je länger er nachsann, umso zufriedener nickte er vor sich hin. Statt der Armut entgegenzugehen, fiel Reichtum ins Haus.

»Das Vermögen muss sehr bedeutend sein«, murmelte der Major, indem er Rachaus Worte wiederholte, und es musste ein angenehmer Klang darin liegen, denn ein leises Lächeln spielte um seinen Mund. Er dachte nicht daran, was er kurz zuvor über die Erbschaft geäußert. Eine Fülle von schwindelnden Vorstellungen brach über ihn herein, und eine Zeit lang gab er sich ihnen hin, bis sie plötzlich von anderen Gedanken unterbrochen wurden. Von dem Stolz, mit dem er Wilkens von sich gestoßen, mit dem er ihm sein Geld versprochen, von diesem Stolz, der ihn froh gemacht hatte in dem Gefühl, endlich eine richtige Entscheidung getroffen zu haben, war nichts mehr vorhanden. Er dachte mit Schrecken daran, wie schwer, wie unmöglich er zwanzigtausend Taler hätte herbeischaffen können. Nun war es nicht mehr nötig, nun würde er den Toten beerben. Eine Begier erfasste ihn, die er nie gekannt. Aber wo hatte der Tote sein Geld? Wo war es zu finden? Wo angelegt? Wo waren Dokumente und Beweise? Wer konnte Auskunft geben?

Von Wilkens bisherigem Leben und Treiben war Brand recht wenig bekannt. Als ein reicher Nichtstuer hatte er gelebt, das war alles, was er wusste. Der einzige Mensch, der Auskunft geben konnte, war Rachau. Würde er dies tun, würde er sich uneigennützig hilfreich erweisen, oder lag es nicht vielleicht in seiner Hand, die Umstände zu benutzen, und bei dieser Gelegenheit für sich selbst zu sorgen? Sagte nicht Wilkens, dass Rachau nichts habe, dass er ihn aus Freundschaft bei sich halte und ihm durchhelfe? Behandelte er ihn nicht zuweilen mit der Rücksichtslosigkeit eines Herren, der keine Umstände mit einem abhängigen Gesellschafter macht?

Plötzlich durchzuckte ihn ein Gedanke. »Die Kassette«, flüsterte er, »der große Kasten, wo ist er? Was hat er darin verschlossen? Darin ist sein Geld, Papiere, Banknoten, vielleicht alles.«

Er stand von dem Sessel auf und sah scheu umher nach dem Seitentisch. Das Zimmer, in welchem der Tote lag, war verschlossen worden, der Schlüssel lag auf jenem Tisch. Er schritt darauf zu und suchte ihn, es schien ihm, als wäre der Schlüssel fort, und eine Angst überkam ihn siedend heiß. Aber er lag noch auf derselben Stelle. Mit einem raschen Griff hielt er ihn in der Hand und blieb stehen. Die Tür zum Totenzimmer war fest und stark, das Schloss eines, das nicht leicht geöffnet werden konnte, allein wenn einer sich darauf verstand, wenn er Werkzeuge besaß, Gewandtheit und Geschicklichkeit – – Es fiel ihm ein, wie fingerfertig Rachau war, dass er alles verstand, dass er zur Unterhaltung Zauberkunststückchen getrieben hatte wie der beste Taschenspieler. Sein Misstrauen wuchs, je mehr er nachsann, eine fieberhafte Unruhe setzte sein Blut in Bewegung.

»Es ist mein Recht«, murmelte er, »danach zu sehen. Morgen tut es das Gericht. Es muss, was da ist, unter Gerichtssiegel gelegt werden. Aber bis morgen kann manches geschehen. Der Kasten kann leer sein. Was dann? Wo ist ein Beweis? Wer weiß, was darin war?«

Er stand zögernd und besann sich, dann horchte er an der Tür – es rührte sich nichts im Hause. Er nahm das Licht vom Tisch, kehrte um und setzte es wieder nieder.

Während er leise vor sich hin sprach, sah er nach der Uhr. Mitternacht war vorüber. »Es wird nichts sein«, fuhr er mit sich selbst redend fort, »wir werden morgen erfahren, wie es damit steht.«

»Morgen«, wiederholte er langsam und kopfschüttelnd. Wie viele schon haben vergebens auf morgen gewartet. Hatte er selbst gestern gedacht, was ihm heute geschehen würde?

Nach einer Minute fasste er wiederum nach dem Schlüssel und überlegte, die Hand darüber gedeckt, bis er hastig zufasste. Dann ging er in sein Schlafzimmer, entledigte sich seiner Stiefel und kehrte zurück in einem grauen Hausrock und weichen Hausschuhen. Behutsam barg er das Licht in einer kleinen Taschenlaterne, derer er sich bediente, wenn er aus der Stadt abends spät nach Haus zurückkehrte, und als alle diese Vorbereitungen beendet waren, trat er mit leisen Schritten in den Flur hinaus, horchend und spähend, geräuschlos schleichend und innehaltend, wenn unter dem Gewicht seines Körpers die Treppenstufen zu knarren begannen.

Ein Dieb, der mit der Blendlaterne eine gefährlich nächtliche Hausdurchsuchung beginnt, konnte nicht vorsichtiger sein. Er hatte Saragossa stürmen helfen, aber sein Herz hatte schwerlich dabei so heftig geschlagen, als es jetzt der Fall war in seinem eigenen Hause. Scham und geheime Furcht überkamen ihn bei dem Gedanken, dass jemand erwachen, ihn hören, ihm begegnen könne. Aber wer sollte das sein? Die Dienstleute schliefen weitab im Untergeschoss, und wenn selbst einer in der Nähe gewesen wäre, er würde voller Entsetzen sich verkrochen haben, denn sicherlich hätte er um keinen Preis sich mit Geistern und Gespenstern eingelassen. Die Töchter des Majors hatten ihre Schlafzimmer ebenfalls nicht hier oben, es blieben somit nur Gottberg und Rachau übrig, doch auch diese beiden waren nicht so nahe, und jetzt nach mehreren Stunden, mitten in der Nacht, ließ sich von ihnen annehmen, dass sie im festen Schlaf lägen. Endlich aber blieb immer noch manche Ausrede übrig, denn unnatürlich schien es eben nicht, dass der Hausherr nach solchem traurigen Ereignis noch einmal überall nach dem Rechten sah.

Mit allen diesen Gründen stärkte der alte Soldat seinen Mut, der durch sein Verlangen nach Gewissheit und die aufkeimende Begier nach Geld und Gut noch mehr gefestigt wurde. Er empfand kein Grauen vor dem Anblick, der ihn erwartete. Den Tod hatte er in so vielen und schrecklichen Gestalten gesehen, dass der Gedanke an die Nähe dieses Leichnams ihn wenig anfechten konnte. Mit verhaltenem Atem und nach allen Seiten blickend, hatte er jetzt den oberen Vorflur erreicht, und zu seiner Genugtuung ließ die Treppe keinen Laut mehr hören. Das tiefe Schweigen der Nacht wurde nur von dem leisen Klappern eines Fensters unterbrochen, mit dessen losen Scheiben der Wind spielte. Durch einen schmalen Spalt der verschlossenen Laterne drang das Licht und zuckte über die nackten Wände hin, der Richtung folgend, welche ihm der schattenhafte Wanderer gab, bis es an der Tür im Hintergrund haften blieb, über welcher sich das Bogengewölbe kreuzte.

Auf diese Tür ging der Major jetzt ohne Zögern los. Vorsichtig brachte er den Schlüssel in das Schloss, und da dasselbe, seit Wilkens dies Zimmer bewohnte, frisch geölt worden war, schloss es mit Leichtigkeit und ohne das geringste Geräusch zu machen. Ebenso leicht und leise öffnete sich die Tür, und das Licht fuhr in den düstern hohen Raum, ohne ihn erhellen zu können.

Brand blieb auf der Schwelle stehen, doch seine Hand zitterte nicht, als er die Klappe der Laterne öffnete und sie gegen das Bett richtete.

Ein weites weißes Laken bedeckte dieses, unter der Hülle lag der tote Körper, dessen Formen da und dort deutlich wurden. Nachdem der Major einige Augenblicke lang darauf hingeblickt hatte, zog er die Tür leise hinter sich zu und näherte sich der Lagerstätte. Die Kleider des Unglücklichen lagen auf verschiedenen Stühlen, auf dem Tisch lag seine Uhr, der Ring, den er getragen, ein Geldtäschchen und was man an kleinen Gegenständen sonst bei ihm gefunden. Seine Koffer standen an der Wand, vergebens aber blickte der Erbe nach der Kassette umher, sie war nicht zu entdecken. Allein sie fand sich bald, denn sie stand unter dem Bett, und als er sie hervorgezogen, hingen des Majors Blicke mit solchem Verlangen an dem geheimnisvollen Kasten, als wollten sie den metallbeschlagenen Deckel zersprengen. Der Kasten war verschlossen. Er prüfte ihn nach allen Seiten, er hob ihn auf, er wog ihn in der Hand. Der Kasten fühlte sich leicht an. Hatte der Dieb schon sein Werk vollbracht? Der Major zitterte vor Furcht bei diesem Gedanken. Der Schlüssel! Wo war der Schlüssel? Hastig, in gieriger Angst suchte er danach auf dem Tische, in den umherliegenden Kleidern, unter den Geräten, nirgends war er zu finden. Seine Augen blieben an dem Lager des Toten hängen. Es fiel ihm ein, dass auch die anderen Schlüssel fehlten, und dass Wilkens alle zusammen an einem Stahlringe aufgereiht an seiner Weste getragen hatte.

Der Major fasste das Laken und schlug es zurück. Wilkens musste diese Weste noch anhaben. Er hatte sich nicht getäuscht. Er hörte ein leises Klirren und hielt auch schon die Schlüssel in seiner Hand, die er schaudernd zurückzog; sie war mit den eisigen Fingern des Toten in Berührung geraten.

Das Streiflicht der Laterne flog über das starre, blassgraue Gesicht, das mit offenen Augen zu ihm aufsah. »Du, der mir alles nehmen wollte«, sagte Brand halblaut zu dem Toten, »du wirst mich nicht mehr peinigen. Welche Qual für dich, dass nun du mir alles geben und lassen musst.«

In dem Gewölbe klangen seine Worte hohl zurück. Er sah sich um, denn er glaubte ein Rauschen hinter sich zu hören, eine kalte Luft zu fühlen, die ihn anwehte. Ihm fiel die Gespenstersage von der spukenden Tante ein. Aber in der nächsten Minute hatte er die Anwandlung überwunden. »Und wenn sie hier erschiene«, sagte er, sich umschauend, »sie würde mir recht geben müssen. Ich würde ihr vorwerfen können, dass ihr schändliches Testament dies getan hat.«

Indem er sich niederbückte, steckte er den kleinen Schlüssel in das Schloss der Kassette, die mit einem Federdruck aufsprang. Voll der gespanntesten Erwartung schlug er den Deckel vollends zurück, hielt die Laterne darüber, schaute hinein, griff mit der Hand dem Lichtschein nach und fuhr überrascht in die Höhe. Erstaunen, Ärger und Enttäuschung malten sich in seinem Gesicht.

»Ist das möglich?«, rief er unwillkürlich laut. »Ist das alles?«

»Alles!«, antwortete eine Stimme.

Entsetzt prallte der Major zurück, eiskalter Schrecken drang ihm bis ins Mark. Er streckte die Hand mit der Laterne vor sich aus, in deren Schimmer er eine weiße schmale Gestalt an der Tür stehen sah.

»Wer da?«, schrie der alte Soldat, seiner Natur folgend.

»Nichts ist darin«, antwortete die Gestalt, sich leise nähernd, »als diese Strickleiter und dieser Stock, der als Kurbel dienen kann, sowie diese kleine doppelläufige Pistole.«

»Rachau«, murmelte der Major mit einem tiefen Atemzug.

Rachau, in einem weißgrauen Morgenmantel, winkte ihm beruhigend zu. »Lassen Sie uns leise sprechen«, sagte er. »Ich konnte nicht schlafen und wurde durch ein Geräusch, das ich zu hören glaubte, hierher geführt. Leicht könnte es anderen ebenso gehen wie mir. Ich kann Ihnen über den Inhalt des Kastens einigen Aufschluss geben«, fuhr er fort, »denn wahrscheinlich sind Sie in der Absicht gekommen, diesen Behälter, in welchem Sie Sachen von besonderem Wert vermuteten, in Ihre Obhut zu nehmen?«

Diese Frage hatte einen so spöttischen Klang, dass Brand, dessen Bestürzung und Scham ohnehin groß genug waren, nur mit einem unverständlichen Gemurmel antwortete.

»Ihr Irrtum war ein sehr verzeihlicher«, sagte Rachau, »denn es gibt wenige, die nicht von diesem Kasten getäuscht worden sind. Die Sorgfalt, mit welcher unser verewigter Freund ihn behandelte, ihn nie von sich ließ, keine Reise ohne ihn antrat, musste jedermann glauben machen, dass kostbare Dinge darin verborgen seien, dennoch hat er nie etwas anderes enthalten, als was Sie soeben gefunden haben.«

Brand hatte sich erholt und begriffen, dass er nichts Besseres tun könne, als einzugestehen, was Rachau voraussetzte. »Ich will nicht leugnen, dass Sie recht haben«, antwortete er. »Ich vermutete, dass Wilkens große Summen und wichtige Dokumente mit sich führte, und der Gedanke beunruhigte mich – nicht, wie ich gesollt, Vorsorge treffen –«

»Damit kein Unbefugter sich ihrer heimlich bemächtige«, fiel Rachau mit ironischem Lächeln ein. »Sie hatten nichts zu besorgen, mein Bester. Unser verewigter Freund war viel zu vorsichtig, um sich mit vielem Geld zu belasten. Dort auf dem Tische liegt sein Taschenbuch, worin Sie finden werden, was er an Barmitteln vorrätig hatte und welches allerdings besser bewahrt sein sollte. In jenem größeren Koffer aber befinden sich ein Schreib- und Reisekasten, welcher, soviel ich weiß, einen vollständigen Nachweis über das gesamte Vermögen des teuren Dahingeschiedenen enthält, nebst manchen anderen Papieren, die wichtig für Sie sein werden.«

Der Major beruhigte sich nur allmählich; dennoch musste, was er vernahm, ihn dankbar stimmen und zugleich auch die Besorgnisse über diese nächtliche Begegnung aufheben. »Ich bin Ihnen sehr verbunden«, sagte er, »und werde gewiss Ihre freundschaftliche Teilnahme nicht vergessen.«

»Diese gütige Versicherung macht mich überaus glücklich«, versetzte Rachau, »ich werde Ihr Vertrauen zu verdienen suchen.«

Brand war von allem noch zu verwirrt und erregt, um die Ironie, mit der Rachau ihm geantwortet hatte, zur Kenntnis zu nehmen. »Gut, gut«, antwortete er deshalb zufriedengestellt, »so können wir diesen traurigen Raum verlassen. Aber, was zum Henker, hatte denn dieser Kasten mit Stricken und dem kleinen Knüppel eigentlich zu bedeuten?«

Rachau sah lächelnd auf den Kasten nieder und sagte dann: »Unser verewigter Freund war der furchtsamste und misstrauischste Sterbliche, den es geben konnte. Beständig quälte er sich damit ab, welches Unheil und welche Gefahren ihn bedrohten. Er beschäftigte sich mit allen möglichen Unglücksfällen, die ihm begegnen konnten, ganz besondere Angst aber hatte er davor, zu verbrennen. So reiste er niemals ohne eine Strickleiter, um sich zum Fenster hinaus retten, zu können. Niemals wohnte er mehrere Treppen hoch, und jede Treppe von Holz erregte ihm schwere Bedenken. Auch mochte er kein Zimmer leiden, war es auch das schönste und beste, das mehr als eine Tür hatte, weil umso leichter dort Diebe einbrechen könnten. Die Eingangstür verschloss und verriegelte er stets sorgfältig, und wenn eine zweite Tür nicht zu vermeiden war, wie dies in Gasthöfen häufig oder fast immer der Fall ist, so dienten der Strick und der starke Knüttel dazu, einen Knebel an Klinke und Einfassung festzubinden und zu drehen, welcher jedes Eindringen verhinderte. Niemals schlief er mit einem anderen in demselben Zimmer, auch mit mir nicht, denn seine Furcht, im Schlaf überfallen zu werden, ließ dies nicht zu. Neben seinem Bett aber lag stets dies doppelläufige Terzerol, geladen und mit Zündhütchen versehen, um sogleich davon Gebrauch machen zu können.«

Rachau nahm das Terzerol heraus und sagte dabei: »Ich werde es behalten, es soll mir ein Andenken sein; überdies würde es auffallen, wenn es vorgefunden würde. Auch die Stricke lassen Sie uns beseitigen, wir können andere, gleichgültige Dinge dafür in den Kasten legen. Niemand braucht von dieser angstvollen Vorsicht etwas zu erfahren. Man könnte sich allerlei Fabeln davon zusammenreimen.«

»Er ist wirklich ein noch größerer Narr gewesen, als ich dachte«, versetzte der Major.

»Nicht nur das«, erwiderte Rachau, »er war ein herzloser eigennütziger Mensch. Sie haben dies kennengelernt.«

»Leider ja«, murmelte Brand.

»Er tat skrupellos alles, was ihm Vorteil versprach. Ohne Gefühl und Gewissen.«

»Das hat er bewiesen.«

»Ich kann mir Ihre Entrüstung vorstellen. Sein Betragen in Ihrem Hause war darauf berechnet, Ihnen Widerwillen einzuflößen. Aber sein Plan musste Ihnen ja bald einleuchten. Anscheinend warb er um ein zärtliches Familienband, in Wahrheit hat er nie daran gedacht. Er wollte Ihr Geld, und wenn Sie den Mut gehabt hätten, ihm Luises Hand zuzusagen, würde er wahrscheinlich schmählich davongelaufen sein.«

»Der Niederträchtige!«, rief der Major, indem er zornig auf den Leichnam blickte.

Die Unterredung war bisher von beiden im dumpfen Geflüster geführt worden, bei diesem lauten Ausruf legte Rachau dem anderen die Hand auf den Arm und winkte ihm zu schweigen. »Die allergrößte Vorsicht ist nötig, mein Bester. Leicht ist ein Verdacht aufgeweckt. Die Umstände sind allerdings derartig, dass man nicht wissen kann, was schon jetzt in den Köpfen spukt.«

»Welcher Verdacht?«, fragte der Major mit unsicherer Stimme.

»Fallen Ihnen nicht alle Vorteile dieses plötzlichen Endes zu?«

»Das ist nicht meine Schuld.«

»Können Sie gewiss sein, dass nicht noch andere Leute wissen, was in dem Testament steht, dessen Abschrift dort im Koffer liegt, und was dieser kalte Mann hier beabsichtigte?«

»Herr von Rachau!«, entgegnete der Major bebend.

»Still!«, flüsterte Rachau. »Wissen Sie nicht, dass man Sie für jähzornig und erbarmungslos hält, dass die leichtgläubige Menge Ihnen böse Dinge nachsagt?«

»Ich – ich!«, stammelte Brand. »Wer wagt das? Ich verachte solche infamen Lügen!«

»Wenn es aber keine Lüge ist?«

»Was – was soll das heißen?«

Rachau blickte ihn starr an. Er griff nach der Laterne und fasste den Arm das Majors. Schweigend wandte er ihn dem Toten zu, schweigend fasste er in dessen Haar, teilte es nach beiden Seiten hin und deutete auf eine blutige kleine Vertiefung.

»Blicken Sie hierher«, flüsterte er fast unhörbar. »Das ist kein Dornenriss, das ist ein kleines, tiefes, viereckiges Loch. Es ist durch den Schädel bis ins Hirn gedrungen, es hat den augenblicklichen Tod herbeigeführt. Kein Gehirnschlag, wie der gescheite Arzt sagt, dies kleine Loch ist die Ursache.«

»Gerechter Gott!«, stöhnte der Major.

»Und es ist entstanden durch ein feines und spitzes Instrument«, fuhr Rachau in derselben Weise fort. »Es sieht auf ein Haar so aus wie jenes Loch im Schädel des Pferdes.«

»Wahnsinn! Bei meiner Ehre! Nein – nein!«, rief Brand fassungslos, heftig an seine Brust schlagend.

»Still, mein Lieber, beruhigen Sie sich! Um des Himmels willen, keinen Laut!«, flüsterte Rachau. »Alles wäre verloren, wenn jemand Sie hörte, alles kommt darauf an, ewiges Schweigen darüber zu werfen. Ich spreche keine Gewissheit aus, ich beschuldige nicht, ich klage nicht an, aber fragen Sie sich selbst, was daraus entstehen würde. Dass dieser Schädel zerschmettert ist, würde jede Untersuchung leicht dartun. Dass, wie Sie selbst behaupten, niemand hier umher den feinen Hammer zu gebrauchen weiß als Sie allein, ist kein Geheimnis.«

»Himmel und Hölle! Ich – ein Mörder!«, stammelte Brand mit erstickter Stimme.

»Das soll niemand sagen – niemand«, fiel ihm Rachau ins Wort. »Fort mit jedem so entehrenden Verdacht! Fort mit diesem Toten in seine Gruft! Er hat sein Schicksal zehnfach verdient, keine Träne wird um ihn fließen.«

»Aber ich«, stöhnte der Major, »ich – meine Ehre! Herrgott, meine Ehre!«

»Wer rührt daran?«, flüsterte Rachau. »Ein Gehirnschlag ist sein Ende gewesen. Wenn er in der Erde ruht, ist alles vergessen, mein Lieber.«

»Ich darf es nicht zugeben – nein, ich werde es nicht zugeben!«, sagte Brand mit Entschlossenheit. »Es wird sich erweisen, es muss sich erweisen –«

»Ja, denken Sie?«, fiel ihm Rachau kalt und spöttisch ins Wort. »Wollen Sie es auf eine Untersuchung ankommen lassen? Ich rate Ihnen wohl zu bedenken, was Sie tun. Sie haben Zeit bis morgen, um darüber nachzudenken«, fuhr er fort, »bis jetzt bin ich der Einzige, der das entdeckte, was Sie jetzt bemerken. Als ich den Leichnam mit Toni auffand, untersuchte ich seinen Kopf, weil Blut daraus hervorquoll, und mein Entsetzen war groß. Ich entfernte, was sich entfernen ließ, ich drückte die Hautwunde zusammen und strich das Haar darüber. – Wenn es zu einer Untersuchung kommt«, flüsterte er jetzt dicht am Ohre des Majors, »was wird die Folge sein? Welches Aufsehen muss dieser Prozess machen – Ihre Familie – die Vorurteile der Menschen – die unglücklichen Umstände – dieses große Erbe – bedenken Sie das gut!«

Brand stand mit weit offenen Augen, zitternd drückte er seine Hände zusammen. »Meine Kinder!«, stöhnte er. »Mein Sohn!«

»Alle diese Schuldlosen würden darunter leiden müssen«, versetzte Rachau, »alle! Kein Wort mehr! Handeln Sie rasch und entschlossen, das allein kann vor Schmach und Verderben retten. Fort mit diesen Stricken – ich werde sie beseitigen. Die Papiere aus dem Koffer legen wir in den Kasten, die Testamentsabschrift nehmen Sie an sich.«

Er legte das Haar des Toten über die Wunde, warf die Hülle über den Körper, nahm den Schlüssel und öffnete den Koffer. Aus der Schreibmappe zog er Papiere und Briefe hervor und legte sie in den Kasten. Nach wenigen Minuten war alles geschehen, was er beabsichtigte.

»Hier ist die Testamentsabschrift«, sagte er zu Brand, »von dieser vergessenen Sache braucht niemand Notiz zu nehmen. Niemand darf sie aufrühren. Wir müssen, was irgend Verdacht erregen kann, sorgfältig unterdrücken. Stecken Sie es ein und verbrennen Sie es.«

Brand griff mechanisch nach dem Papier. Er hielt es in seinen Fingern ausgestreckt, als schwanke er, ob er es nehmen sollte. »Wenn ich es tue«, sagte er tonlos, »hat es nicht den Anschein, als ob ich – ich wirklich fürchten müsste – und Sie selbst – Sie könnten glauben – aber ich bin unschuldig!«

Bei den letzten Worten hatte er seine Stimme unwillkürlich erhoben. »Still, mein Freund«, fiel Rachau rasch ein, »sorgen Sie sich nicht. Was mich betrifft, so denke ich nur, dass nichts zu ändern ist, und glaube nur, dass es meine Pflicht ist, Ihnen beizustehen, wenn ich dies vermag.«

»Ich erkenne es dankbar«, antwortete der Major, ihm die Hand drückend, »die Klugheit mag es rechtfertigen, so zu handeln, aber dennoch – Herrgott! – was soll ich tun? – Nein, ich will doch warten.«

»Worauf wollen Sie warten?«, entgegnete Rachau in entschlossenem Ton. »Auf das Gefängnis, auf Kreuzverhöre, auf die Verzweiflung Ihrer Kinder? Sie sind unschuldig, das bezweifelt bis jetzt niemand, wozu aber erst Zweifel aufrühren? – Kommen Sie, wir haben hier nichts mehr zu tun. Lassen Sie morgen früh die Justiz kommen und den Sarg bestellen. Blumenkränze genug sind vorhanden, um diese Leiche zu schmücken. Gute Nacht, Herr von Brand. Ein Mann von solcher Tatkraft und solcher Lebenserfahrung wird seine Gewissensruhe zu bewahren wissen.«

Er nahm ihn bei der Hand und führte ihn der Tür zu. Der Major hielt sich krampfhaft an ihm fest. »So stehen Sie mir bei in dieser schweren Zeit«, bat er.

»Immer, darauf verlassen Sie sich«, versetzte Rachau. »Sie werden in mir einen ergebenen Freund finden, der Sie nicht verlassen wird.«

Leise schlüpfte er in den Gang hinaus. Brand verbarg das Papier in seiner Tasche, verschloss vorsichtig die Tür und erreichte verstört und in größter Erregung sein Zimmer.

Die Beerdigung des Toten erfolgte vorschriftsmäßig am dritten Tag, nachdem alle Formalitäten erfüllt waren, in so glänzender Weise, wie es den Verhältnissen nach möglich war.

Die Gutsherrschaft besaß ein Erbbegräbnis; dort neben der verewigten Tante, deren eigensinniges Testament ihn zu seinem Schaden hierher geführt, wurde Eduard Wilkens zur Ruhe gebracht. Der erste Prediger der Stadt hielt ihm eine glorreiche Leichenrede, die Armen segneten ihn für die Geldsummen, die Brand verteilen ließ, und die vornehmen Leute, welche zum Leichenbegängnis eingeladen waren, zeigten sich voller Teilnahme und vermehrter Freundschaft. Der geschwätzige Arzt hatte dafür gesorgt, dass jedermann wusste, wie dieser kurzhalsige Vetter notwendigerweise umgekommen, aber es fehlte auch nicht an Gerüchten, dass er ein schönes Vermögen hinterlassen habe, welches nun der Familie Brand zufallen werde.

Es gab noch einige Leute in der Stadt, welche sich der vergangenen Umstände erinnerten, denn sie hatten den alten Wilkens beim Tod der Tante hier gesehen. Andere wussten von den Familienzerwürfnissen, welche damals stattfanden, aber die Zeit war darüber hingegangen, und der Major wurde nur um sein Glück beneidet, das ihm nicht allein damals Reichtum verschafft, sondern jetzt ihm unverhofft noch mehr zugeworfen.

Mancher machte sich daher heimlich lustig über den kummervollen Ernst dieses glücklichen Erben und über den Gram in seinem Gesicht, denn es war nicht zu leugnen, dass der Major sehr übel aussah. Seine sonst so stolzen festen Blicke waren gesenkt und niedergeschlagen, das kräftige volle Gesicht hatte gleichsam über Nacht Falten bekommen, und sein freimütiges soldatisches Wesen schien durch den plötzlichen Verlust dieses geliebten Verwandten so weit heruntergestimmt, dass alles an ihm weich geworden, sogar die Stimme. Die Wohlmeinenden nahmen diese Zeichen als Folge des Schreckens und der Aufregung, die anderen meinten spottend, man könne doch nicht lachen, wenn man einen reichen Vetter begrübe, es sei daher anständig, so gerührt als möglich zu erscheinen, alles weitere würde sich schon finden. Die neugierigen Blicke aber untersuchten nicht allein den Major, sondern auch seine Familie, und beschäftigten sich ganz besonders mit Luise. Dass der Verstorbene mit besonderen Absichten gekommen sei, schien den meisten sehr glaublich, und wenige gab es, die daran zweifelten, dass Vater wie Tochter nicht Nein gesagt haben würden. Auf jeden Fall jedoch war der Tod rascher gewesen als der Bräutigam, und was nun wahr oder nicht wahr sei, was Luise gedacht oder gewollt habe, und ob sie jetzt traure oder sich freue, blieb eine ganze Woche lang den Untersuchungen aller Kaffeegesellschaften in der Stadt überlassen.

Übrigens ließ sich nichts Auffälliges bemerken. Die Familie war in Trauer, und Luise hatte mit gefalteten Händen und weinenden Augen dem Sarg nachgesehen, der mit Kränzen und Blumen geschmückt war. Auch der schlanke, zierliche Herr von Rachau, der Freund und Begleiter des Verstorbenen, schritt kummervoll einher, und über ihn und was aus ihm werden würde, ob er abreisen oder länger bleiben werde, machte man sich viel Kopfzerbrechen. Offenbar hatte er sich in dieser schreckensreichen Zeit der Familie sehr ergeben und nützlich erwiesen. Immer war er zu Rat und Hilfe bei der Hand, hatte mit dem Doktor Gottberg die Anstalten zum Begräbnis besorgt, ordnete an, unterstützte den betrübten Hausherrn, tröstete die Töchter und unterhielt die zahlreichen teilnehmenden Besucher mit der Erzählung der traurigen Tatsachen, welche er unverdrossen immer von Neuem wiederholte.

Die liebevolle Aufmerksamkeit und Tätigkeit eines so ergebenen Freundes musste überall Wohlgefallen erregen, und das ganze Benehmen Rachaus war ohnehin geeignet, günstig über ihn zu urteilen. Er war ohne Zweifel ein angenehmer und gewandter Mann, ebenso bescheiden wie klug, und mehr als ein Freund des Majors wurde von seiner Unterhaltung so eingenommen, dass er es als ein Glück pries, dass die Familie einen so treuen Beistand gefunden.

In der Tat bewährte sich dies auch fortgesetzt, denn Rachau betrieb mit unablässigem Eifer die Angelegenheiten, welche sich notwendig an das betrübende Ereignis knüpften. Das Gericht hatte, was Wilkens gehörte, in Beschlag genommen und Rachau das Verzeichnis aller Gegenstände, die seinem Freund gehörten, angefertigt. Da Brand zu niedergeschlagen war, um sich mit diesem Geschäft zu befassen, hatte Rachau es übernommen, den Tatbestand dem Richter dargelegt, die Effekten überliefert, die Schreiberei besorgt und von dem vorgefundenen Vermögensnachweis sich eine beglaubigte Abschrift verschafft.

Am Tage nach dem Begräbnis sprach er darüber mit dem Major, den er im Garten fand, wo er, die Hände auf dem Rücken, mit gesenktem Kopf und düsterem Blick auf und nieder ging. Der alte Soldat hatte offensichtlich aus seiner Verstörtheit noch nicht wieder zu sich selbst gefunden. Unablässig kreisten seine Gedanken um die Ereignisse der letzten Tage, eine geheime Scheu hinderte ihn, in der alten vertrauten Weise mit seinen Töchtern zu reden, und auch den forschend teilnehmenden Blicken Gottbergs wich er geflissentlich aus. Er hatte seinen Sohn in einem kurz gehaltenen Schreiben vom plötzlichen Tod des Vetters in Kenntnis gesetzt und ihm gleichzeitig bedeutet, dass seine Anwesenheit hier nicht erforderlich sei, vor allem auch im Hinblick auf die wichtigen dienstlichen Geschäfte, die denselben in der Hauptstadt festhalten mochten.

Rachau schien dagegen völlig unverändert, er hatte seine unbesorgte, lächelnde Miene wieder angenommen, und wenn etwas an ihm auffiel, so war es nur die vielleicht noch vermehrte Aufmerksamkeit, welche er seiner äußeren Erscheinung widmete. Er trug vortrefflich lackierte Stiefel, sein dünnes Bärtchen war sauber gekämmt, sein Rock vom modernsten Schnitt und mit Atlas gefüttert und seine schmalen weißen Hände in blassgelbe Handschuhe gesteckt.

Er trat auf Brand zu und sagte sanft ermahnend: »Mein Freund, Sie müssen endlich aufhören, Ihren trüben Gedanken nachzuhängen. Wir haben jetzt, wie ich denke, unseren Herzensgefühlen genug getan, und können uns mit gutem Gewissen glücklicheren Empfindungen hingeben.«

»Mit gutem Gewissen«, murmelte der Major vor sich hin, »es ist mir so, als merkte ein jeder, dass ich ein schlechtes Gewissen habe.«

»Wer wird sich mit solchen Einbildungen quälen«, lächelte Rachau.

»Haben Sie den Kerl gesehen, den Mathis«, fuhr Brand erregt fort, den Kopf noch tiefer senkend, »gestern, beim Begräbnis, wo er am Kirchhof plötzlich dicht bei mir stand, und wie er höhnisch auflachte?«

»Für diese Ungehörigkeit ist er hinausgeworfen worden«, erwiderte Rachau.

»Ich glaube nicht, nein, ich glaube nicht«, seufzte Brand.

»Was glauben Sie denn nicht, mein Freund«, lächelte Rachau, indem er vertraulich den Arm des Majors nahm.

»Dass mein Gewissen so leicht wieder ruhig wird«, erwiderte dieser.

»Was kann Sie denn im Ernst beunruhigen«, sagte Rachau. »Es ist nicht die geringste Veranlassung dazu vorhanden.«

»Es kommt mir vor«, fuhr der Major grollend fort, »als sähen mich alle Augen verdächtig an. Selbst dieser elende Bursche mit seinen frechen Blicken.«

»Wer wird sich solchen Grillen überlassen«, entgegnete der tröstende Freund. »Der nichtsnutzige Kerl ist nur zu verachten.«

»Aber meine eigenen Kinder«, murmelte der Major, »es ist mir immer, als wüssten sie, dass ich etwas Schreckliches vor ihnen verberge. Und auch der Doktor Gottberg«, setzte er hinzu. »Ich bin in einer entsetzlichen Lage, Rachau. Vor allen Augen zittere ich.«

»Sie peinigen sich ohne allen Grund, mein Lieber. Zeigen Sie ein ruhiges, heiteres Gesicht.«

»Kann ich es denn? Kann ich offen mit einem Menschen sprechen?«, fragte der Major, indem er sich zornig aufrichtete. »Kann ich sein, wie ich sonst war?«

»Ich weiß nicht, warum Sie nicht so sein sollten.«

»Weil es etwas gibt, das ich den anderen verbergen muss, weil ich etwas weiß, das mich zu Boden zieht. Ich hätte –« Er brach ab und sagte mit Bitterkeit: »Jetzt ist es zu spät!«

Sie gingen beide einige Schritte weiter, dann begann Rachau den Staub von seinen Stiefeln zu schlagen. »Es hat lange nicht geregnet«, sagte er, »aber da steigen schwarze Wolken auf. Wir werden ein Gewitter bekommen. Das ist zuweilen sehr gefährlich, wenn etwa der Blitz einschlägt und ein Haus abbrennt. Aber was tut's, wenn wir nur selbst nicht dabei umkommen. Man baut sich ein neues Haus und wohnt darin meist viel bequemer. Die alte Hütte muss man natürlich vergessen; es wäre Torheit, wollte man es nicht tun.«

»Ihre Vergleiche sind unpassend«, sagte Brand mit einem finsteren Blick. »Ebenso wohl hat Ihr Rat –«

»Meine Vergleiche sind nicht unpassend, und mein Rat war der beste, den ich geben konnte«, fiel ihm Rachau freundlich, aber bestimmt ins Wort.

»Dass ich ihn nicht befolgt hätte!«, murmelte der Major.

»Dann sagen Sie sich selbst, was geschehen wäre. Doch es ist nutzlos, über etwas zu streiten, wenn man vollendete Tatsachen vor sich hat. Was geschehen ist, ist geschehen, kein Gott bringt die Vergangenheit zurück. Sie müssen tragen, mein bester Brand, was Sie sich auferlegt, und mit dieser Überzeugung bleibt nichts übrig, als Klugheit und Mut zu beweisen.«

»Was glauben Sie denn von mir – wie sprechen Sie mit mir?«, rief der Major, dem sein ganzer Kopf glühte. »Glauben Sie etwa doch, dass ich – ich –«

»Halten Sie ein«, unterbrach ihn Rachau mit einer eigentümlichen Entschlossenheit. »Ich sagte Ihnen schon einmal, dass ich kein Untersuchungsrichter bin, dass ich nichts glaube, nichts glauben will. Lassen Sie uns dies unerquickliche Thema nie wieder berühren! Ich weiß nichts, ich will nichts wissen! Ich weiß nur, dass Eduard Wilkens begraben ist, und ich begreife nur, dass dies Ereignis jetzt als überwunden behandelt werden muss. Sie werden noch heute nach der Hauptstadt schreiben. Ich werde Ihnen den besten Justizanwalt nennen. Sie werden ihm eine Vollmacht schicken, in Ihrem Namen Ihre Rechte zu vertreten, und die Erbschaftsangelegenheit wird von ihm in bester Weise geordnet werden, bis es vielleicht notwendig wird, dass Sie selbst dorthin reisen, um Ihr Eigentum in Empfang zu nehmen.«

»Nein!«, rief der Major heftig. »Ich werde niemals reisen!«

»So übertragen Sie es Ihrem Sohn, der die geeignete und dazu noch rechtsverständige Person dafür ist.«

Der Gedanke an seinen Sohn verwirrte den Major noch mehr. »Nein!«, sagte er noch einmal mit noch größerer Heftigkeit. »Er soll nie etwas damit zu tun haben.«

»Gut, so bevollmächtigen Sie einen anderen, der Ihr Vertrauen besitzt, einen Freund, der Ihnen ergeben ist.«

»Ich will nichts von dieser verfluchten Erbschaft!«, rief Brand mit dem Ausdruck des Abscheus.

Rachau lächelte dazu. »Sie wollen nichts damit zu tun haben?«, fragte er, sich zu ihm beugend. »Das wäre doch sehr sonderbar, was sollte man davon denken? Unmöglich kann dies Ihr Ernst sein, mein Freund, es müsste das größte Aufsehen erregen. Würden nicht alle Menschen sich darüber die Köpfe zerbrechen, nach den Ursachen forschen, sich die seltsamsten Geschichten aushecken? Je weniger Aufsehen, je weniger Gerede, das ist eine alte Wahrheit. Ruhige Überlegung, mein Teuerster, kaltes Blut, keine Übereilung! Sie müssen Ihr biederes, freundliches Gesicht wieder annehmen, das Ihnen so viel Vertrauen schafft!«

Ein dumpfes Stöhnen des Majors war dessen einzige Antwort.

Rachau achtete nicht darauf, sondern fuhr unbeirrt fort: »Sie haben nichts zu besorgen, wenn Sie meinen Rat annehmen, allein, Sie müssen sich diesem fügen. Ich sage, Sie müssen, denn es ist notwendig, es gibt keinen, der besser wäre! Ich werde an Ihrer Seite bleiben, mein Bester, dann wird sich alles regeln. Sie können mir vertrauen, lieber Major, Sie müssen mir vertrauen«, fügte er in nachdrücklichem Tone hinzu, »Sie müssen es, wenn Sie an das Wohl Ihrer Familie denken, einer Familie, der ich mich zutiefst verbunden fühle, zu der vielleicht einmal zu gehören ich mir die schmeichelhaftesten Hoffnungen mache.«

Der Major hob den Kopf und blickte ihn verstört an. Ehe er jedoch antworten konnte, sagte Rachau mit seiner gewohnten höflichen Verbindlichkeit: »Mein bester Herr von Brand, verschmähen Sie Reichtum für sich, aber bedenken Sie, dass Sie Kinder besitzen. Da kommt Fräulein Luise. In diesem Falle, glaube ich, können wir auch ihren Rat hören!«

»Schweigen Sie – schweigen Sie«, erwiderte der Major heftig.

Aber Rachau schwieg nicht. »Fräulein Luise besitzt meine höchste Bewunderung ob ihrer verständigen Einsicht, die überall das Richtige zu wählen weiß. Erlauben Sie mir, ihr mitzuteilen, was sie so nahe angeht.«

Luise hatte sich inzwischen genähert und jedes Wort gehört. Sie sah ihren Vater an, der mit dunkelrotem erhitztem Gesicht keine Antwort gab, und fragte mit ihrer ruhigen Stimme, die im seltsamen Gegensatz zu dem erregten Ausdruck ihrer Augen stand: »Was ist es denn, das ich erfahren oder nicht erfahren soll?«

»Oh«, erwiderte Rachau, indem er galant nach ihrer Hand fasste, »es handelt sich um einen Haufen Geld, den Ihr Vater nicht nehmen will, obwohl er ihm mit dem allerbesten Recht gehört.«

Der Major blickte auf und sah seine Tochter an. Sie schien auffallend blass. »Was uns gehört, können wir auch nehmen«, antwortete sie einfach.

»Vortrefflich!«, rief Rachau. »Niemand weiß den Wert des Goldes mehr zu schätzen als die Frauen! Ihr Vater sträubt sich gegen die glücklichen Folgen des unglücklichen Ereignisses, das den schönen Frieden seines Hauses so bitter getrübt hat. Er will nichts von der Erbschaft wissen, die dieser Tote ihm, wenn auch sehr gegen seinen Willen, vermachte.«

Luise legte ihren Arm auf ihres Vaters Schulter und blickte ihn liebevoll an. »Mein lieber Vater«, sagte sie, »du musst aufhören, dich zu betrüben. Unabänderliches sollte dich nicht so beugen. Wir sind alle bei dir mit unserer Liebe und Sorge.«

»Sehr wahr – sehr schön«, rief Rachau, »ganz aus meiner Seele gesprochen! Es ist natürlich, dass Sie die Erbschaft nicht zurückweisen!«

»Das würde eine unerklärliche und auffallende Tatsache sein, lieber Vater«, sagte Luise.

»Sehen Sie, mein bester Major«, lachte Rachau, »dass Fräulein Luise ganz in derselben Weise, mit denselben Gründen, mit der liebenswürdigsten und einsichtsvollsten Sicherheit meine Ansichten teilt!«

»Aber dennoch, dennoch bedrückt es mich«, erwiderte Brand. Ein irres, scheues Feuer brannte in seinen Augen. Es war, als wollte er sprechen, die Seelenqual verzerrte seine Züge und verschloss doch seine Lippen. Luise sah ihn besorgt an. Der geschmeidige Freund jedoch lächelte dazu in überlegener, fast spottender Art.

»Ich kann meines Vaters Gedanken wohl verstehen«, kam Luise dem Major zu Hilfe. »Es ist seiner Ehre peinlich, ein Erbe anzunehmen, das unter so besonderen Umständen ihm zufällt und niemals ihm bestimmt war. Neid und Missgunst können nicht ausbleiben, die Menschen sind immer dazu bereit. Er möchte dies vermeiden. Aber, lieber Vater, du darfst dich daran nicht kehren. Bist du der nächste Erbe, so bewahre auch dein Recht. Wenn mein Bruder hier wäre, würde er dasselbe sprechen. Du bist, wenn du die Erbschaft verweigerst, erst recht den größten Missdeutungen ausgesetzt. Vertraue auf deine Kinder, die dir zur Seite stehen werden. Und nun sei gut und vergiss deine Sorgen!«

»Bravo!«, rief Rachau, indem er in seinen gelben Handschuh klatschte. »Ich muss Ihnen die Hand dafür küssen, verehrtestes Fräulein Luise! Wir müssen uns sämtlichst verbünden, um den guten Vater aufzuheitern. Die Vollmacht aber soll heute noch abgehen.«

Der Major schien gerührt. Er drückte Luise die Hand und blickte sie dankbar an. In diesem Augenblick ertönte Tonis Stimme, und im nächsten Augenblick sprang sie durch die Ranken des Weinspaliers und umklammerte den Vater. Gottberg folgte langsam in einiger Entfernung.

»Willst du wieder unser lieber lustiger Vater sein?«, rief die Kleine, als sie bemerkte, dass der düstere Ausdruck im Gesicht des Majors verschwunden war.

»Ja, du Übermut!«, rief Brand, sie in seinen Armen hochhebend.

»Und hier bin ich auch«, stimmte Rachau freudig ein. »Ich gehöre mit dazu, verlange auch mein Teil, wenn von Glück und Freude die Rede ist!«

In erheiterter Stimmung reichte ihm der Major die Hand und ließ seine Blicke durchdringend auf ihm ruhen. »Sie sollen dabeisein! Sie müssen dabeisein!«, sagte er. »In Gottes Namen denn, führen Sie die Sache, wie es am besten ist.«

»Ich hoffe sie zur allseitigen Zufriedenheit zu beenden«, versetzte Rachau, indem er kühl dem Doktor zunickte, der sich soeben einfand.

Luise nahm des Vaters Arm, und obwohl soeben die alte Heiterkeit der kleinen Runde beschworen worden war, schritt man doch stumm zu Tisch. Beim Mittagsmahl wusste dann Rachau die Gespräche zu beleben, sodass es etwas munterer herging als in den vergangenen Tagen. Es wollte jedoch keine frohe Stimmung aufkommen. Luise blieb still und blass, und auch Gottberg war verstummt. Während einzig Toni mit Rachau munter schwatzte, umdüsterten sich die Mienen des Majors immer wieder, und einige Male richtete er seine Augen starr auf den Platz, an dem Eduard Wilkens gesessen hatte.

Es vergingen mehrere Tage, und während dieser Zeit ordneten sich die äußeren Verhältnisse allmählich immer mehr.

Rachau hatte sich, man konnte sagen, beinahe unentbehrlich gemacht. Eine außerordentliche Geschicklichkeit und Anstelligkeit stand ihm zu Gebote, und ebenso gewinnend als klug wusste er jeden nach seiner Weise zu behandeln.

Mit dem Major hatte er von jenem Tage ab kein Wort mehr über den Todesfall gesprochen. Er hatte sogar den Namen des unglücklichen Vetters vermieden, samt allem, was an ihn erinnern konnte. Dagegen versuchte er auf jede Weise Brand zu erheitern, und wusste so meisterhaft dessen Schwächen und Eigentümlichkeiten zu benutzen, dass das geheime Band zwischen beiden immer fester wurde.

Mit Luise gelangte Philipp von Rachau dagegen auf den Standpunkt zarter Verehrung und Huldigung. Er war sichtlich gern in ihrer Nähe, stets galant und dabei verständig, ein ebenso praktischer Ratgeber wie voll humoristischer Einfälle, wenn es darauf ankam, sich auch nach dieser Seite geltend zu machen. Mit der wilden kleinen Toni hatte er den allervergnüglichsten Freundschaftsbund geschlossen. Dem Doktor suchte er sich jetzt mehr zu nähern, als es gleich anfangs der Fall gewesen; dennoch gelang ihm dies am wenigsten. Gottberg war seit jener Stunde, wo er eben im Begriff gewesen, Luises Vater die volle Wahrheit zu sagen, noch nicht wieder in die Lage gekommen, den Faden aufzunehmen, welcher damals so plötzlich zerriss. Es war natürlich, dass in den nächstfolgenden Tagen, während so viel Unruhe und Trauer das Haus füllte, keine Zeit dazu kommen konnte, doch auch jetzt ließ sich der günstige Augenblick nicht wahrnehmen. Es kam dem jungen Mann vor, als ob der Major ihn absichtlich vermeide. Er wusste nicht einmal mit Gewissheit, ob Luises Vater wirklich die eigentliche Ursache kenne, weshalb er die Familie verlassen wollte, ob also die ermutigenden Worte und Winke, die er erhalten, eine Billigung der Neigung seines Herzens ausdrückten. Damals musste er es glauben, allein es erfüllte sich nichts von allen seinen Hoffnungen; ja selbst das, was er als unerschütterlich wahr betrachtete – dass Luise ihn liebte –, fing an, sich mit einem Nebel zu umhüllen.

Obwohl es ihre Lippen niemals ausgesprochen hatten, war diese Liebe ein offenes Geheimnis, denn die Decke, welche es verbarg, war durchsichtig genug für beobachtende Augen, und gewiss gab es deren auch sogar unter den Leuten der Umgebung. Aber die Liebenden selbst hatten dies am wenigsten beachtet. Ihr langes Beisammensein hatte die innigste Vertrautheit aufkeimen und reifen lassen, aber diese war lange Zeit ein reines Seelenglück geblieben, das alle Berechnungen von sich abhielt, um nicht in Zweifel und Unruhe zu verfallen. Erst als Eduard Wilkens plötzlich erschien, erwachten die Bedenken, und der Traum verrann vor der Wirklichkeit. Plötzlich ausbrechende Leidenschaft hätte eine ihrem Charakter gemäße Entwicklung herbeigeführt, dem besonnenen jungen Doktor stellte sich jedoch sein Verhältnis anders dar. Er sah, was der reiche Vetter wollte, er fand auch in dem Benehmen des Majors Grund genug, um zu glauben, dass Brand jenen Bewerbungen nicht entgegen sei, und indem er alles prüfte, überfiel ihn die Mutlosigkeit der Armut und die Mahnung seiner gewissenhaften Ehrlichkeit. Der Auftritt, den er mit Wilkens erlebte, bestärkte ihn in seinen Entschlüssen, und statt seiner Liebe zu vertrauen, wucherte Misstrauen in ihm auf.

Luise war in jenen Tagen von dem Vetter fast ganz in Anspruch genommen, der ihr unablässig seine Aufmerksamkeit zuwandte. Zurückgewiesen wurde diese nicht so entschieden, wie Gottberg es wünschen mochte. Die Prahlereien des eitlen und widerwärtigen Mannes mit seinem Reichtum, seinem Wohlleben, seinen Zukunftsplänen, und die verständlichen Anspielungen, die er machte, hätten nach seiner Meinung eindeutiger von Luise beantwortet werden können. Obwohl Wilkens niedrige Gesinnung und sein Benehmen Widersprüche genug boten, konnte die Aussicht auf eine glänzende Zukunft doch wohl die Wünsche eines Mädchens bestimmen. Gottberg geriet darüber in Ungewissheit, und der Kampf in ihm vermehrte sich, je mehr er selbst es scheute, mit der Geliebten zu einem Verständnis zu gelangen. Endlich hatte das Schicksal sich eingemischt, Wilkens war vom Tode plötzlich weggerafft, allein auch dies hatte nichts geändert. Man hätte denken sollen, dass mit der halben Gewissheit, die Luises Vater ihm erteilt, jetzt eine Minute voll Entschlossenheit genügte, um Luise alles zu sagen und alles zu hören, was seine Zweifel vernichten musste; allein diese Minute kam nicht. Dies lag jedoch jetzt nicht an Gottberg; in seiner Lage drängte es ihn dazu, sie herbeizuführen. Umso bangender empfand er es, dass Luise die Gelegenheit dazu vermied. Es war seit Wilkens Tod und Begräbnis in ihrem Benehmen gegen ihn eine Änderung vorgegangen, die vielleicht niemand bemerkte als er selbst. In ihrer äußeren Begegnung hatte sich nichts verwandelt, das freundschaftliche Verhältnis schien dasselbe zu sein, die sorgliche Aufmerksamkeit schien sogar noch mehr beachtet zu werden; allein mitten darin richtete sich eine Scheidewand auf, aus irgendeiner kalten Masse gebaut, die sein Herz schmerzhaft schaudern machte. Anfangs glaubte er sich getäuscht zu haben, und er suchte einen Trost in ihrem Anschauen, in stummen fragenden Blicken, die sich bittend an ihre Augen hingen. Es hatte in diesen Augen immer noch Hoffnungen gelesen, selbst zur Zeit, wo er mutlos war; und wie sie ihn anschaute, als sie zu ihm sprach: »Ein Mann muss wissen, wie er in Gefahren handelt!«, das hatte ihn beherzt gemacht. Jetzt aber sagten ihre Augen ihm nichts. Sie sahen ihn teilnahmslos an, mit so kalter Ruhe, dass er davor zurückschrecken musste; und wenn dies der Zweck war, so wurde er erreicht. Nach einigen vergeblichen Versuchen, sich ihr zu nähern, und nachdem er sich überzeugt, dass es ihr Wille sei, sein Verlangen nicht zu beachten, erwachte sein Stolz. Zugleich machte er eine Bemerkung, die noch mehr dazu beitragen musste, ihn darin zu bestärken.

Er sah, dass der Mann, welcher bisher eine Nebenrolle übernommen hatte, plötzlich zur Hauptperson geworden war, und er fühlte deutlich das Übergewicht, das er überall erlangte. Vor dem unglücklichen Tage, der diese beiden argen Gäste hierhergeführt, war sein Leben wunderbar: Er wurde geehrt und geschätzt in diesem frohen, zufriedenen Kreise, heimlich blühte die Liebe in seinem Herzen auf, und keine raue Hand hatte daran gerüttelt. Unerwartet endete diese Herrlichkeit mit einem Wetterschlage. Der Tod des einen Gastes hatte Gold ins Haus gebracht, die lebendige Regsamkeit des anderen noch schlimmere Folgen.

Ein galanter junger Edelmann von einschmeichelnder Gewandtheit, der alles wusste und verstand, war der Freund und Ratgeber der Familie geworden. Wie wenig er sich mit ihm in so vielen Beziehungen messen konnte, musste Gottberg sich eingestehen. Der anspruchslose junge Doktor konnte mit solcher Welterfahrenheit und Geschmeidigkeit nicht mithalten. Er erkannte alle Vorteile, die Rachau besaß, und wie er dagegen zu einer dunklen stillen Gestalt zusammenschrumpfte, gleich dem Götzen, den man einmal verehrt, den man aber nun, da ein glänzenderer neuer vorhanden, in den Winkel stellt und endlich ins Feuer wirft. So kam er sich vor, indem er bemerkte, dass er immer mehr in Vergessenheit geriet, vergessen auch von der, von der er es am wenigsten gedacht. Denn Herr von Rachau hatte auch über Luise seine Herrschaft ausgedehnt, und Gottberg beobachtete die Wirkungen, ohne sich zu widersetzen. Rachau nahm seine Stelle ein. Er las mit Luise französische und englische Bücher, denn er verstand beide Sprachen vortrefflich, er unterhielt sie geistreich und geschickt, er war der fröhliche, immer anregende Gesellschafter, er begleitete sie auf ihren Spaziergängen und vermehrte unablässig die Zerstreuungen der Familie. Bald waren es gemeinsame Spazierfahrten, bald Partien in der Nachbarschaft, bald Besuche in der Stadt oder Gesellschaften im Hause. Rachau war unwiderstehlich in seinen Anordnungen, es fügte und schickte sich alles, was er begann.

Gottberg verstand von allen diesen Künsten nichts; bei allem aber würde er diesem Nebenbuhler nicht gewichen sein, wenn er eine Aufmunterung von der dazu erhalten hätte, die ihm allein diese geben konnte. Aber Luise gab ihm kein Zeichen, dass sie empfände, was er empfand. Man hatte auch Gottberg zu den Spazierfahrten und Gesellschaften eingeladen, zumeist aber nahm er nicht daran teil, und sein Ablehnen wurde nicht weiter beachtet, denn die Nachteile davon fielen auf ihn zurück. Sein Verhältnis zu der Familie war in kurzer Zeit ein gespanntes geworden, der Major warf zuweilen verlegene finstere Blicke auf ihn, oder er sah fort, wenn Gottberg kam. Es drückte ihn etwas, er verschwieg es, aber dies Schweigen musste doch endlich gebrochen werden.

Nachdem einige Wochen so vergangen, war Gottberg mit sich selbst einig geworden, dass es zu einer Entscheidung kommen müsse. Er war nicht im Zweifel darüber, was er zu tun habe, dennoch fürchtete er sich weit mehr vor dem, was ihm bevorstand, als damals, wo er zuerst den Entschluss gefasst, das Haus zu verlassen. Allein es musste geschehen.

Als er gerüstet mit seinem Entschlusse in das Familienzimmer trat, hörte er Rachau sprechen. Dieser befand sich in dem anstoßenden Gemach, dessen Tür offen stand, und ohne Zweifel war es der Major, mit dem er sich unterhielt.

»Sie sehen also, verehrter Freund, dass alles in schönster Ordnung ist«, sagte Rachau. »Hier ist der Brief des Justizrates, der die erfreulichsten Nachrichten mitteilt.«

»Ich mag nichts davon hören«, antwortete die tiefe Stimme Brands.

»Aber Sie müssen es hören«, lachte Rachau, »es sind ja Ihre eigenen Angelegenheiten!«

»Machen Sie damit, was Sie wollen«, fiel der Major ein.

»Sie beehren mich mit einem Vertrauen, das ich gewiss verdienen will«, erwiderte Rachau, »allein auf jeden Fall müssen Sie doch erfahren –«

»Verschonen Sie mich damit. Wo ist Luise? Wir wollen nach der Stadt fahren.«

»Sie sollen nicht eher fort, bis ich Sie wieder ganz ruhig sehe«, entgegnete Rachau. »Sie müssen diese Sache anhören. Der Justizrat hat Ihre Vollmacht erhalten und wird Ihre Angelegenheit führen. Ich bitte Sie, nicht ungeduldig zu werden. Die ersten Schritte sind somit getan. Das Gericht hat das gesamte Vermögen unter Siegel gelegt, die öffentliche Aufforderung an die Erben wird nächstens erlassen werden; es sind jedoch keine vorhanden, welche Ihre Rechte anfechten könnten. Ein Testament ist nicht gefunden. Der Justizrat glaubt, dass in kurzer Zeit alles geordnet sein wird. Hier sendet er zugleich die Übersicht der Erbschaftsmasse, und ich freue mich, sagen zu können, dass dieselbe noch höher veranschlagt wird, als ich glaubte. Wir müssen dem Justizrat jetzt antworten, dass Sie mit allem einverstanden sind und ihn bäten, die langsame Gerechtigkeit möglichst zu beschleunigen.«

»Gut, so antworten Sie ihm«, unterbrach ihn der Major, »meinetwegen braucht er sich nicht zu beeilen.«

»Geld und Gut bekommt man niemals genug und niemals früh genug«, erwiderte Rachau. »Bis zum Winter kann vieles geschehen, und dann wäre es am besten, Sie verlebten ihn in der Hauptstadt.«

»Ich möchte fort von hier, ja, das möchte ich«, sagte Brand.

»Und warum sollten sich Ihre Wünsche nicht erfüllen?«, fragte Rachau. »Es wird auch Fräulein Luise ebenso angenehm wie zuträglich sein, wenn sie die Freuden und Genüsse des Lebens kennenlernt. Sie selbst, mein Freund, werden sich erheitern, sich zerstreuen. Sie werden in der Nähe Ihres Sohnes leben, werden geehrt und geachtet sein, und mit dem glänzenden Vermögen, das Ihnen zugefallen ist –«

»Nein!«, rief der alte Soldat mit Heftigkeit. »Halten Sie ein! Es hilft doch alles nichts – es kann mir alles nichts helfen!«

»Sie werden mit dieser lauten Stimme Zuhörer herbeirufen«, sagte Rachau ruhig. »Ich werde gehen und Fräulein Luise aufsuchen. Wie glücklich sind Sie, mein Teuerster, eine so schöne, kluge und liebenswürdige Tochter zu besitzen, wie viel habe ich Ihnen zu danken, dass Sie mir erlauben, noch immer in Ihrer Familie verweilen zu dürfen.«

»Oh, ich hoffe – ich hoffe«, sagte der Major, »dass Sie uns nicht verlassen.«

»Gewiss nicht, solange Sie wünschen, dass ich bleibe.«

»Muss ich es nicht wünschen – muss ich nicht!«, rief Brand. Es lag in dieser Antwort ein eigentümlicher Klang, der unwillkürlich offenherzig aussprach, was der alte Soldat dachte. »Sie müssen bei uns bleiben«, setzte er hinzu, »denn Sie sind uns ja allen – allen lieb geworden.«

»Zu meiner wahren Freude«, versetzte Rachau. »Es wäre Torheit zu verheimlichen, wie gern ich bleibe, und ich denke, Sie wissen wohl, dass meine innigste Ergebenheit sich auch auf Fräulein Luise erstreckt.«

Er hielt inne, der Major gab keine Antwort.

»Es ist unmöglich«, fuhr Rachau fort, »nicht von so vieler Liebenswürdigkeit hingerissen zu sein, nicht auf mehr zu hoffen, wenn man das Glück hat, ihr nahe zu sein.«

»So – so«, fiel Brand ein, »aber –«

»Kein Aber!«, unterbrach ihn Rachau. »Ich bitte Sie, bester Freund, kein Aber!«

»Sie wissen nicht, was ich Ihnen mitteilen möchte.«

»Ich will es auch nicht wissen«, erwiderte Rachau, dessen Stimme einen harten Ton annahm. »Aber kein Aber, verehrter Freund! Gönnen Sie mir das Glück, Ihnen und Ihrer Familie immer ergeben sein zu dürfen, und zwingen Sie mich nicht, Sie verlassen zu müssen!«

»Gott steh mir bei!«, rief der Major. »Was fällt jetzt wieder auf mich!«

»Nichts, was Sie irgend beunruhigen könnte«, versetzte Rachau. »Fräulein Luise ist so voll Güte für mich, dass ich voller Hoffnungen bin. Was aber in diesem Zusammenhang eine Person betrifft, von der auch Sie, mein Bester, wünschen sollten, sie wäre weit von hier entfernt, so werden Sie sich wohl indessen überzeugt haben, dass Fräulein Luise zu einsichtsvoll ist, um nicht ebenso darüber zu denken wie ich.«

»Meinen Sie –«, sagte Brand zögernd, konnte aber nicht weiter fortfahren, denn im Nebenzimmer ließen sich jetzt starke Schritte hören.

Mit klopfendem Herzen hatte Gottberg das Gespräch bis dahin angehört und nicht gewagt, weder sich zurückzuziehen, noch weiterzugehen. Jetzt aber, wo es eine Wendung nahm, die wenig Zweifel übrig ließ, dass es ihn selbst betreffen sollte, konnte er es nicht länger ertragen. Mit festen Schritten ging er durch das Zimmer und zeigte sich an der Tür.

»Da ist ja unser vortrefflicher Doktor!«, rief Rachau ihm entgegen.

Das Gesicht des Majors wurde dunkelrot, er betrachtete den Hauslehrer, der sich schweigend vor ihm verbeugte, mit scheuen Blicken. »Wo kommen Sie denn her?«, sagte er in seiner Verlegenheit. »Und warum – warum sehen Sie so – so erschrocken aus?«

»Ich bin nicht erschrocken«, erwiderte Gottberg, und in aufsteigender Verdüsterung setzte er hinzu: »Ich habe ein gutes Gewissen.«

Den Major überkam seine Heftigkeit. Er warf den Kopf in die Höhe und ließ seine Augen rollen. »Was wollen Sie damit sagen?«, fragte er. »Meinen Sie etwa, ich –« Den Satz ließ er unvollendet, denn seine Verwirrung kehrte zurück. Er musste seine zornigen Blicke von dem blassen stillen Gesicht fortwenden.

»Ich erlaubte mir einzutreten«, antwortete Gottberg gelassen, »um einige Minuten Ihrer Zeit für mich zu erbitten.«

»Sie wollen mit mir reden? Was wollen Sie von mir?«

»Da es eine mich betreffende Angelegenheit ist, so würde ich bitten, zu bestimmen, wann ich Sie damit behelligen darf.«

»Oh, so – Sie wollen also – ich soll –«, rief der Major in wachsender Unruhe.

»Ich will dem Herrn Doktor Platz machen«, fiel Rachau ein, indem er einen eigentümlich lächelnden und spöttischen Blick über beide gleiten ließ und sich verbeugte.

»Nein«, sagte der Major, ihn festhaltend, als habe er Schutz nötig, »Sie sollen bleiben. Was der Herr Doktor mir mitzuteilen hat, können Sie ebenfalls wissen.«

»Vielleicht ist es ein Geheimnis«, lächelte Rachau.

»Ich habe keine Geheimnisse, welche sich vor den Augen der Menschen verbergen müssten«, versetzte Gottberg, »meine Absicht ist allein, dem Herrn Major zu wiederholen, was ich schon einmal – es war damals, wo das unglückliche Ereignis uns plötzlich überraschte –«

»Damals! Damals!«, rief der Major in großer Aufregung. »Verdammt mag es sein! Was wollen Sie?«

»Meinen innigen Dank Ihnen für so viel Güte aussprechen und wiederholen, dass meine Verhältnisse mich zwingen, an meine Abreise zu denken.«

Brand tat einen tiefen Atemzug. Sichtlich fühlte er sich erleichtert, dennoch nahm seine Verwirrung eigentlich zu. Die dunkle Röte seines Gesichts verrann, er legte beide Hände auf den Rücken, als wollte er sie verstecken, und der mächtige Kopf senkte sich nieder.

»Sie wollen, also fort?«, fragte er unsicher.

»Noch heute, wenn es sein kann, oder doch morgen.«

»Das – das ist Ihr Entschluss?«, fragte Brand in derselben Gemütsbewegung.

»Sie sollten uns noch ein paar Wochen schenken«, fiel Rachau ein. »Mein bester Herr Doktor, das ist hart, wahrhaftig sehr hart. Da kommt Fräulein Luise.«

Luise trat in Hut und Tuch herein, sie war zu der Fahrt nach der Stadt bereit.

»Denken Sie, Fräulein Luise«, wandte sich Rachau an sie, »der gute Doktor will nicht länger bei uns bleiben.«

Ohne merklich von dem, was sie vernahm, überrascht zu sein, blieb sie einige Schritte vor Gottberg stehen. Ihr sanftes Gesicht hatte den Ausdruck trauernder Teilnahme, aber auch die Fassung, mit welcher man etwas Schmerzliches erträgt, das nicht geändert werden kann. »Wir werden alle sehr betrübt über diesen Verlust sein, der uns trifft«, sagte sie, »leider vermögen wir vieles nicht zu ändern, was uns Kummer macht.«

Diese Äußerung drang wie ein glühendes Schwert in Gottbergs Herz, und indem er seine Augen zu der Sprecherin aufhob, strömte mit dem Schmerz, den er empfand, auch der Zorn hervor, mit dem er rang. Alles jedoch war das Werk einer Minute, dann schien es vorüber. Nur die Röte des inneren Kampfes blieb auf seiner Stirn. »Leider ist es so«, erwiderte er, »wir sind mehr oder minder der zwingenden Notwendigkeit unterworfen, welche unser Lebensschicksal bestimmt.«

»Sie sprechen wie ein Fatalist, Herr Doktor«, fiel Rachau lachend ein. »Als ob es keine freie Selbstbestimmung gäbe!«

»Ich bin weit davon entfernt zu glauben, dass die Vorsehung uns zum Glück oder Unglück, zu guten oder schlechten Handlungen bestimmt«, entgegnete Gottberg. »Die Verhältnisse bestimmen über uns, das Übrige hängt von uns ab.«

»Vom Glück und Zufall!«

»Von unseren Begriffen über Recht und Unrecht, von unseren Eigenschaften und Fähigkeiten, von der Welt in unserem Herzen und unserem Kopfe.«

»Sie sind ein liebenswürdiger Philosoph«, lachte Rachau. »Ein Philosoph der Tugend und der Treue, ohne Arg und Falsch.«

»Man braucht nicht Philosoph zu sein, um nicht zu lügen und zu betrügen«, antwortete Gottberg. Vielleicht ohne es zu wollen, betonte er diese Antwort stärker, und über seine Lippen flog ein Lächeln, während er sich stolz aufrichtete.

Der Major hatte bisher still zugehört, jetzt fuhr er aus seiner Teilnahmslosigkeit auf, als sei ihm eine Beleidigung widerfahren. Worte konnte er nicht sogleich für das finden, was in ihm tobte; schneller jedoch war sein hilfreicher Freund bei der Hand, um ihn von unbesonnenen Äußerungen abzuhalten.

»Das ist ganz vortrefflich gesagt, was wir da hören!«, rief Rachau. »Aber es gibt auch manche Tugendnarren, die ihr Schicksal sehr wohl verdienen, und wenn sie ausgelacht, oder, wie Sie es nennen, betrogen werden, dies nur ihren Einbildungen und Anmaßungen verdanken. Jedes in seiner Weise, mein bester Herr Doktor, eins passt sich nicht für alle, aber Lebensklugheit verträgt keine Schwärmerei. Es ist sehr schade, dass Sie so bald abreisen wollen, wir könnten über dies Thema noch höchst lehrreiche Gespräche führen.«

Gottberg blickte ihn kalt und klar an, er sah herausfordernd aus.

»Nein, nein«, lachte Rachau mit geschmeidiger Höflichkeit, »wir wollen diese letzten Stunden nicht mit gelehrtem Streiten verderben!«

»Wollen Sie uns so schnell verlassen?«, fragte Luise.

»Spätestens morgen.«

»Wir können nichts dagegen einwenden«, sagte sie, »wenn Sie wissen, dass es sein muss. Doch heute sollen Sie uns noch angehören. Wir fahren nach der Stadt und dann durch das Tal. Wollen Sie uns nicht zum letzten Mal begleiten?«

Gottberg entschuldigte sich. Er hatte noch mehrere Abschiedsbesuche bei Bekannten zu machen und Vorbereitungen zu treffen. Luise drang nicht weiter in ihn. Niemand tat es. Die Angelegenheit wurde jetzt mit Ruhe, fast geschäftsmäßig erörtert, aber das Drückende des Augenblicks blieb doch so überwiegend, dass nach einigen Fragen und Antworten Gottberg sich empfahl.

Als er hinaus war, zuckte Rachau mit einem leisen Lächeln die Achseln und sah Luise mutwillig an. »Tat Ihnen dieser arme Doktor denn gar nicht leid?«, fragte er.

»Warum sollte dies der Fall sein?«

»Weil er das Unglück hat, von Ihnen scheiden zu müssen.«

»Gottberg«, erwiderte sie, »hat vollkommen recht, uns zu verlassen. Er geht dahin, wohin er gehört, wo er seine Kenntnisse und sich selbst am besten geltend machen kann. Aber der Wagen wird warten, wir müssen eilen. Ich will Toni holen.«

Der Major stand am Fenster und schien nicht zu bemerken, was um ihn her vorging. Mit gekreuzten Armen richtete sein lebenskluger Freund die Blicke auf die Tür, und sein scharfes Ohr verfolgte Luises leichte Schritte, dann betrachtete er den alten bedrückten Mann mit spöttischer Miene. Leise trat er näher und klopfte ihm auf die Schulter. Erschreckt wandte Brand sich um. Rachau nickte ihm behaglich zu. »Wir sind ihn also glücklich los«, sagte er.

»Welche Scham«, antwortete der Major düster, seine Hände zusammendrückend.

»Torheit«, flüsterte Rachau, »was wollen Sie denn? Es geht alles vortrefflich. Dieser Mensch musste auf jeden Fall aus dem Hause, dies habe ich Ihnen deutlich gesagt. Und nun meldet er sich selbst dazu!«

»Betrogen und belogen«, murmelte der alte Soldat.

»Das sind hohle Worte. Von seiner Unbehilflichkeit ist nichts zu besorgen. Ein Mensch wie dieser sieht nicht über seine Nasenspitze hinaus.«

»Unrecht bleibt Unrecht.«

»Ihm geschieht kein Unrecht. Fräulein Luise selbst hat ihm seinen Platz angewiesen. Aber zu Ihrer Beruhigung und vielleicht ist es gut für alle Fälle – wollen wir ihn versöhnen. Überlassen Sie mir diese Angelegenheit. Er soll als Ihr dankbarer untertäniger Knecht von Ihnen scheiden, entzückt über Ihre Großmut und mit allem zufrieden. – Also, seien Sie munter! Ich höre den Wagen, und hier springt Toni schon herein. Wo gibt es wohl einen glücklicheren Vater?«

Gottberg hörte den Wagen fortfahren, und er verfolgte dessen Rollen, bis er es nicht mehr vernahm. Mit schweren Schritten ging er auf und ab, über das nachdenkend, was jetzt Gewissheit geworden. Er hatte es sich doch anders gedacht. Eine geheime Hoffnung im tiefsten Grunde seines Herzens hatte ihm vorgespiegelt, es könnte doch manches sich noch wenden. Jetzt sah er ein, dass nichts mehr zu hoffen übrig blieb. Niemand wollte ihn festhalten, die am wenigsten, von der er es mit peinigender Sehnsucht noch immer heimlich geglaubt. Es bedurfte lange Zeit, ehe er das Erlebte ruhiger bedenken konnte und an die Stelle der Scham die Entschlossenheit trat. Er versuchte es, seine Papiere und Bücher zu ordnen, seine wenige Habe zusammenzupacken, aber bei allem, was er tat, verfolgten ihn die traurigen Gedanken des Abschieds und seiner Verlassenheit. Es gab keine Stelle, die ihm nicht Erinnerung brachte, und endlich, um diesen zu entgehen, machte er sich auf und lief in den Wald hinaus, der menschlich schönen Neigung folgend, die von der Natur Trost hofft, wenn das Herz mit seinem Kummer ihn bei Menschen nicht zu finden vermag.

Und so geschah es auch, als Gottberg im frischen Wehen des Windes unter den hohen Bäumen fortschritt. Die Sonnenstrahlen, welche durch das kühle Geblätter auf sein Gesicht fielen, die hellen Himmelswolken, die Stimmen der Vögel, die Ameisen in ihrer emsigen Geschäftigkeit, die wilden Bienen in den Blumen und diese selbst mit ihren Glocken und farbigen Kelchen, wie sie tausendfältig ihm zunickten, alles machte seine Stimmung weicher und freier und füllte seine Brust mit versöhnlichem Frieden. Er streifte stundenweit umher zu allen Plätzen, die ihm wert geworden, und überließ sich ganz seinen Gedanken. War er nicht wie ein Freund von der Familie Brand aufgenommen worden? Hatten sie ihm nicht immer getreulich angehangen? Dieser alte Mann, wenn auch von heftiger Sinnesart, hatte er ihn nicht mit väterlicher Güte behandelt? Und Luise – was hatte er getan, um an ihre Liebe zu glauben? Vielleicht war sie schuldlos, seine eigene Eitelkeit hatte ihn umstrickt, ihr Vertrauen war von ihm missbraucht worden, und nun strafte sich sein törichtes Beginnen. Aber wer war denn er, um seine Hand nach ihr auszustrecken? Er in seiner Armut? Fort zu denen, die deinesgleichen sind! Fort, um zu arbeiten und im Schweiße deines Angesichts dein Brot zu essen! Und doch hat sie dich geliebt, rief die Stimme in seinem Innern, zweifle nicht daran! Braucht die Liebe Worte? Braucht sie eine wohlgesetzte Erklärung? An jenem Tage, wo diese nahe war, in jener wunderbaren unvergesslichen Minute, wo ihre Augen sich mit deinen trafen, wo ihr Vater dich selbst ermutigte – er blickte auf und stockte.

Dicht vor ihm stand ein wilder Rosenbusch, ein blumiges Gesenke rundumher, drei hohe schwarze Tannen auf dem Hügel drüben.

Er stand an der verhängnisvollen Stelle. Absichtslos war er hierher gekommen. Plötzlich dünkte es ihn, als sei es eine Schickung. Düstere Bilder stiegen in ihm auf, und eine bange Ahnung bemächtigte sich seiner. Er sah Rachaus lächelndes Gesicht, mit dem er sich von ihm verabschiedet hatte, hörte dessen Worte, die er ungewollt heute belauschte, und es war ihm, als müsste sein Atem stocken.

»Was ist es«, rief er aus seinem tiefsten Herzen, »was diesem ränkevollen Mann Macht gegeben hat über sie? An dieser Stelle hat sein Werk begonnen. Von jener Stunde an – mein Gott! – wohin verirren sich meine Gedanken!«

Finster sinnend senkte er den Kopf. Tiefe Stille lag auf dem Wald, nirgends ein Rauschen, nirgends ein Ton. Jetzt aber war es Gottberg, als hörte er hinter sich lachen, und wie er umschaute, erblickte er Mathis, der mitten auf der grünen Matte im Schatten eines anderen Buschwerks an einem großen Steine saß, die Beine an sich gezogen, den Ellenbogen auf sein Knie gestemmt, neben sich ein Bündel Weidenruten und seine Krücke.

Das lange magere Gesicht grinste ihm entgegen, mit den knochigen Fingern fasste er an seine Kappe und grüßte ihn.

Gottberg fühlte sich verlegen bei diesem unerwarteten Zusammentreffen mit dem Lahmen, der sich so überraschend bemerkbar gemacht hatte. »Warst du hier, als ich kam?«, fragte er, indem er den Gruß erwiderte und näher trat.

»Gewiss war ich hier«, versetzte Mathis, »ich bin oft an dieser Stelle, aber ich lag im Gras ausgestreckt hinter dem Stein. Als ich so laut sprechen hörte, richtete ich mich auf, und da standen Sie.«

Hatte er gehört, was Gottberg gesprochen hatte, oder nicht? Der Doktor mochte nicht danach fragen. »Wenn man allein ist«, sagte er, »denkt man oft laut.«

»Ganz recht«, erwiderte Mathis, »ich hab's auch wohl so gemacht, aber wenn man ein Wild jagen oder einen Vogel fangen will, muss man es sein lassen.«

Gottberg setzte sich auf den Stein. Mathis sah ihn von der Seite lauernd an, fasste mit der Hand in sein blau bedrucktes, lose um den Hals geschlungenes Tuch und schien Gedanken zu hegen, die ihn erfreuten.

»Ich habe dich lange nicht gesehen«, sagte der Doktor, »wie geht es dir?«

»Mir geht es gut«, war die Antwort, »aber Sie sehen nicht gut aus. Warum sind Sie nicht mit der Herrschaft spazieren gefahren?«

»Hast du sie gesehen?«, fragte Gottberg.

»Freilich habe ich sie gesehen. Oben bei der Stadt, mit dem jungen fremden Herrn. Der versteht's!« Er nickte dem Doktor zu, welcher nichts darauf erwiderte. »Nun«, fuhr Mathis fort, »es ist ein lustiger Herr, der wird sie alle schon wieder munter machen. Und wenn's wahr ist, was die Leute meinen, so wird's bald eine Hochzeit geben.«

»Sagt man das?«

Mathis nickte noch einmal. »So muss es kommen«, sprach er dabei. »Ich hab's mir gedacht, dass er's darauf abgesehen hatte.«

»Woher dachtest du das?«

»Oho, man denkt sich so allerlei«, entgegnete Mathis, »arme Leute haben auch ihre Gedanken! Einen Vogel mit goldenen Federn fängt jeder gern, mag's kosten, was es will, und der – haha! – der greift zu!«

»Was meinst du damit, Mathis?«, fragte der Doktor.

»Gar nichts, gar nichts«, lachte der Lahme. »Es ist ein feiner Herr, arme Leute haben's gut bei ihm. Das Fräulein wird's auch gut haben. Alle Donner! – So fein ist keiner im ganzen Land – geputzt wie ein Bräutigam, und so sanft und lustig dabei wie ein Kind, das keinem Wurme einen Tritt geben kann!«

Gottberg saß still auf dem Steine und ließ Mathis weitersprechen. »Nun«, sagte dieser, »ich bin's gewiss, er wird's schon machen. Geld und Gut haben sie jetzt vollauf, aber es macht nicht immer glücklich, denn so sieht der gnädige Herr Major nicht aus. Abgefallen ist er, als ob's Unglück über ihn gekommen wäre, und wie ich vorhin dastand an der Brücke, wie der Wagen kam, dacht ich, siehst du wohl, lahm hast du mich gemacht, und Lumpen hab ich auf meinem Leib, aber ich tausch nicht mit dir!« Er brach in ein helles Gelächter aus.

»Schäme dich«, sagte der Doktor unwillig, »wie kannst du so spotten und lachen!«

»Was geht's mich an«, rief Mathis, indem er seine Krücke nahm, »ich habe keinen Grund, ihm Glück zu wünschen! Wenn ich aber lache, Herr, so lache ich, weil mir unser alter Oberprediger einfällt. Das war ein schnurriger Mann! So rund und fett wie ein gemästetes Kalb, und immer glatt und fein, mit dem doppelten Kinn auf dem weißen Halstuch. Was lecker war, stand zuerst auf seinem Tisch, dabei aber hab ich's selbst gehört, wie er übers lasterhafte Wohlleben herzog und alle Sünden daraus herleitete. ›Der Magen‹, sagte er, ›der Magen ist der Fehler in Gottes Schöpfung. Wenn wir keinen Magen hätten, wär 's Paradies noch immer auf Erden, so aber frisst der eine den anderen auf und wird aufgefressen. Und die Menschen sind die allerschlimmsten von allen, die verraten und lügen und schlagen Freund und Verwandten tot, wenn's auf ihren Magen und ihren eitlen Hochmut ankommt.‹«

»Ich muss dich verlassen«, erwiderte Gottberg, indem er aufstand, »und weil's das letzte Mal ist, dass wir uns sehen werden –«

»Wollen Sie denn fort?«, unterbrach ihn Mathis.

»Morgen werde ich reisen.«

»Und Sie kommen nicht wieder?«

»Ich komme nicht wieder.«

»Aha«, sagte Mathis, schlau nickend, »ich kann's verstehen. Sie wollen nicht bei der Hochzeit sein.«

»Höre, Freund«, sagte der Doktor, ohne auf die Bemerkung einzugehen, »dein Oberprediger hat seine eigenen hässlichen Begierden beschönigen wollen, und so tun es alle, die ihm ähnlich sind. Sie wälzen die Schuld auf die Schöpfung, statt an ihre eigene Besserung zu denken. Aber Gott hat uns aufgegeben, gut und gerecht zu sein. Tue du danach. Vergib denen, die dir Böses taten, tu das Rechte nach allen deinen Kräften und gegen alle deine Mitmenschen, so wirst du auch in deinem harten Leben Frieden und Freuden finden.«

Mathis schüttelte heftig den Kopf.

»So geht's nicht!«, rief er. »Vornehme Leute denken, ein Armer muss sich alles gefallen lassen und obendrein sich noch bedanken!«

»Ich bin arm wie du, Mathis, und geplagt wie du«, antwortete Gottberg, indem er sich dem Gefühl überließ, das seine Seele füllte.

In dem Lahmen, der an der Erde kauerte, erwachte bei diesem Ausruf Teilnahme. »Es ist wahr«, sagte er, »zu denen da oben gehören Sie eigentlich nicht. Solche Herrschaften bleiben immer stolz, wenn sie auch tun, als wär's vergessen. Ich kann mir wohl denken, warum Sie fort wollen. Hoho! Der junge Herr ist ja auch von Adel! – Aber Kreuzelement – wenn ich wär wie Sie, der sollte – Ich tät mich nicht vor dem fürchten!« Er hob dabei mit einem wilden Lachen seinen Arm und schwenkte ihn durch die Luft.

»Ich fürchte ihn auch nicht«, erwiderte Gottberg, seine Verlegenheit verbergend. »Habe mich auch nicht über ihn zu beklagen.«

»Nicht? Hoho! Also ist's wahr? Das Vögelchen singt jetzt ein anderes Lied. Lasst es gut sein, Herr, sie werden alle noch ihren Lohn kriegen.«

»Ich verstehe dich nicht«, sagte Gottberg.

»Ist auch nicht nötig«, lachte Mathis. »Glückliche Reise, Herr!«

Mit einem eigentümlichen Grinsen drehte er den Kopf nach dem Waldhügel, und zu seinem Erstaunen erblickte Gottberg den Herrn von Rachau, welcher unter den Tannen stand und ihn beobachtete, jetzt aber den Pfad herunterkam und sich dem Platz näherte. Einige Augenblicke erschien Gottberg die Aussicht, mit diesem Manne hier zusammenzutreffen, so widerwärtig, dass er entschlossen war, sich in entgegengesetzter Richtung zu entfernen. In der nächsten Minute jedoch empörte sich sein Stolz gegen diese Absicht. Warum sollte er vor ihm fliehen? Wäre es nicht ein Zugeständnis von Schuld und Schwäche?

Mit einem Abschiedsgruß verließ er Mathis und ging Rachau entgegen, der ihm freundliche Worte sagte, als er ihn erreicht hatte, und sehr erfreut tat. »Das ist ein glücklicher Zufall«, begann er, »dass ich Sie finde. Wir sind seit einigen Stunden schon zurück, und ich war an Ihrer Tür, die ich leider verschlossen fand.«

»Sie haben mich sprechen wollen?«

»Ja, mein bester Doktor. Inzwischen haben Sie alle Ihre Lieblingsplätzchen noch einmal besucht, um Abschied zu nehmen, und haben gewiss keinen alten Bekannten vergessen«, fügte er lächelnd hinzu, indem er nach Mathis blickte. »Haben Sie jetzt Zeit für mich?«

Gottberg verbeugte sich bejahend.

»Dann wollen wir sogleich zur Sache kommen«, fuhr Rachau fort. »Sie bestehen darauf, uns morgen zu verlassen? Darf ich fragen, wohin Sie Ihre Reise richten werden?«

»Ich bin Ihnen für Ihre Teilnahme verbunden«, entgegnete Gottberg, »indessen weiß ich keine bestimmte Antwort zu geben.«

»Sie wollen mir keine geben«, lächelte Rachau. »Es würde mir sehr leidtun, wenn ich missverstanden würde.«

»Ich kenne keinen Grund dafür«, sagte Gottberg.

»Dann umso besser. Zweifeln Sie nicht an meiner Teilnahme für Sie, die meinen freundschaftlichen Gefühlen entspricht.«

»Ich sage Ihnen nochmals Dank«, versetzte Gottberg mit ruhiger Kälte, »obwohl ich nicht weiß, womit ich solche Gefühle verdient habe.«

»Darüber lässt sich nicht rechten«, fiel Rachau ein. »Sie sind der Familie meines Freundes Brand lieb und wert, und man sieht Sie nicht allein mit Betrübnis scheiden, sondern möchte Ihnen auch für Ihre Zukunft hilfreich sein.«

Gottbergs Gesicht rötete sich. Er fing an, rascher zu gehen, dann hielt er ein und sagte gelassen: »Ich habe sehr viele Güte hier gefunden, in Zukunft liegt es mir ob, für mich selbst zu sorgen.«

»Sagen Sie das nicht!«, erwiderte Rachau. »Freundeshilfe soll man niemals abweisen, so stolz darf der Stolzeste nicht sein. Das menschliche Leben ist einmal so beschaffen, dass man Freunde nötig hat. Was wollen Sie tun? Wollen Sie Beschäftigungen ergreifen, die Ihnen zuwider sind? Wollen Sie in irgendeinem Winkel eine Schulmeisterstelle suchen, bei der Sie geistig verkümmern?«

»Ich muss Sie bitten«, antwortete Gottberg unwillig, »meine Angelegenheiten nicht weiter zu erörtern.«

»Entschuldigen Sie mich«, versetzte Rachau, »ich spreche nicht für mich, sondern im Auftrag Ihrer Freunde. Das Glück ist Ihren Freunden so günstig gewesen, sie wünschen, dass Sie daran teilnehmen. Ein Mann von solchen Talenten, wie Sie es sind, muss aus den unteren Lebenskreisen heraus. Reisen Sie einige Jahre, Sie werden die nötigen Mittel dazu erhalten. Herr von Brand hat mich beauftragt, Ihnen diesen Vorschlag zu machen. Sprechen Sie mit ihm und bleiben Sie noch einige Zeit hier, bis alles sich so geendet hat, wie Sie es wünschen. Ich verspreche Ihnen dabei meine eindringlichste Beihilfe und hoffe zu beweisen, dass meine Teilnahme nicht in leeren Worten besteht.«

Während er sprach, hatte Gottberg sich gesammelt. »Ich bin Ihnen abermals verbunden, Herr von Rachau«, sagte er, »und bitte Sie, dem Herrn Major meinen Dank zu bezeigen. Leider bin ich nicht in der Lage, seine Güte annehmen zu können.«

»Sie wollen nicht?«, fragte Rachau. »Warum wollen Sie nicht?«

»Weil ich nicht will und nicht kann.«

»Warum wollen Sie denn nicht klug sein, teuerster Doktor?«, lächelte Rachau.

»Das mag zu Ihren Grundsätzen passen, zu den meinigen passt es nicht«, erwiderte Gottberg, und indem er ihn mit kaum zurückgehaltenem Zorn anblickte, fuhr er fort: »Ich kann nicht glauben, dass der kluge Rat, mir ein Almosen zu reichen, von Herrn von Brand ausgegangen ist. Es müsste denn sein –«

»Was müsste sein, mein lieber Doktor?«

»Dass die Schlingen, in denen er liegt, ihn schon so weit zusammengeschnürt haben.«

»Ich verstehe nicht, was Sie meinen«, erwiderte Rachau in herablassendem Ton. »Aber ereifern Sie sich nicht. Sie empfinden zu zart oder zu poetisch! Indessen muss ich Ihnen gestehen, dass es Fräulein Luisens Wunsch war, Ihnen diesen ehrenvollen Antrag zu einer wissenschaftlichen Reise zu machen.«

»Sie hat es gewünscht? Und Ihnen hat sie es aufgetragen?«, rief Gottberg mit glühenden Wangen. »Das ist gelogen! Erbärmlich gelogen!«

Mit stolz aufgerichtetem Kopf stand er einige Augenblicke, da aber Rachau nur lächelnd die Achseln zuckte, entfernte er sich mit raschen Schritten.

Rachau hielt ihn nicht auf. »Dieser Narr wäre wirklich imstande, Unheil anzurichten«, murmelte er, ihm nachsehend, »wenn ihm die Narrheit nicht weit über den Hals ginge. Er wird sich tugendhaft in siebenfach Steifleinen wickeln! – Aber wo ist der lahme Schuft?«

Mit diesen Worten ging er zu dem Hügel zurück und fand Mathis noch an derselben Stelle mit seinen Weidenruten beschäftigt. Er ließ sich auch nicht stören, als sein Gönner sich näherte, zog aber ein langes Einschlagmesser aus der Tasche, klappte es auf und fing an, die Ruten zu beschneiden.

»Nun«, sagte Rachau, »du stiehlst, wie ich sehe, ganz gemächlich weiter und bleibst somit deiner besonderen Zuneigung für fremdes Eigentum getreu.«

»Das mag wahr sein, lieb Herr«, versetzte Mathis, ihn angrinsend, »aber ich denke, ich bin damit nicht der Einzige in der Welt.«

»Gott bewahre«, lachte Rachau, »du teilst den Geschmack vieler der größten Herren, aber du weißt doch auch, dass die kleinen Diebe gehangen werden.«

»Die dummen werden gehangen«, sagte Mathis, indem er seine großen Zähne zeigte.

»Auch darin hast du recht. Aber ist es sehr klug, würdiger Freund, dich hier finden zu lassen? Wenn der Major dich träfe?«

»Der kommt nicht hierher, das ist ein sicheres Plätzchen«, antwortete der Lahme, pfiffig aufblinzelnd. »Neulich sah ich ihn, wie er den Weg hierher einschlug, kaum aber war er dort oben bei den Tannen, so machte er einen weiten Umweg.«

»Aber andere Leute könnten dich treffen.«

»Es geht keiner hier gerne vorbei, besonders, wenn's Abend werden will«, lachte Mathis.

»Du fürchtest dich nicht?«

»Wovor? Ich habe nichts als das spitze Messer. Um mein Geld und Gut hat's keine Not.«

Seine verschmitzten Augen fuhren wieder in die Höhe und dann auf seine Arbeit zurück. Rachau blickte umher, dann auf ihn nieder. »Du bist also wohl öfter hier, mein lieber Mathis?«, fragte er mit sanfter Stimme.

Mathis nickte. Rachau beugte sich zu ihm nieder, legte die Hand auf seine Schulter und sah ihn freundlich an. »Was meinst du denn damit, dass du um Geld und Gut nichts zu besorgen hast?«

»Was kann ich schon meinen?«, versetzte der Lahme. »Ich habe bloß so meine Gedanken darüber, was andere Leute denken und was ich vorher mit angehört habe. Dabei fiel's mir ein.«

Rachaus Augen ruhten auf ihm mit eigentümlicher Gewalt. Es war, als vergrößerten sie sich und füllten sich mit spiegelndem Glanz, doch Mathis schaute unbeeindruckt hinein, ohne mit einer Wimper zu zucken.

»Was hast du denn mit angehört?«, fragte Rachau.

»Es war kurios zu hören«, grinste Mathis.

»Den Doktor meinst du. Er traf dich hier?«

Mathis nickte lachend. »Da drüben stand er, als sei er taub und blind. So lang ich war, hat er mich nicht gesehen, stierte den Hagebuttenstock an, als wär's eine Seltenheit, und schlug sich die Hände vor den Kopf.«

»Was sagte er?«

»Was er sagte? Ich hab's nicht verstanden.«

Die Miene des Burschen widersprach seinen Worten. Rachau setzte sich auf dem Rain nieder und fasste ihn lachend ans Ohr. »Du bist ein

Schlaukopf«, sagte er, »aber ich sollte denken, du müsstest Vertrauen zu mir haben.«

»Das habe ich auch, Herr«, antwortete der Lahme, »und es gibt viele Gründe dafür.«

»Gut. Was sagte er also?«

Mathis wandte den Kopf nach allen Seiten und erwiderte dann leise: »Schaffen Sie ihn fort, er hat nichts Gutes im Sinn.«

»Gegen mich? Sprach er davon? Sage mir die volle Wahrheit!«

»Wenn Sie es wollen, so will ich's tun«, antwortete Mathis. »Gut, da stand er und schrie: ›Gott im Himmel! Was ist geschehen, woher stammt seine Macht? Wohin gehen meine Gedanken!‹«

»Und was weiter?«, fragte Rachau.

»Weiter nichts. Dann sah er mich.«

»Er kam und setzte sich doch zu dir. Was sagte er da?«

»Er sagte nichts, aber ich«, lachte Mathis. »Ich erzählte ihm, wie ich vorher den Herrn Major gesehen hätte, der so finster und abgefallen aussah wie ein ausgebranntes Haus, und dass ich glaubte, wir würden bald Hochzeit haben.«

»Sagtest du ihm das?«, sagte Rachau lächelnd. »Was meinte er dazu?«

»Als wollte er die Krämpfe kriegen, so verkehrte er seine Augen! Jagt ihn fort, Herr, es ist kein Salz für Euer Essen.«

»Du bist ein Spaßvogel, Mathis.«

»Zwei Vogelsteller sind zu viel für einen Herd«, sagte Mathis, seine Ruten zusammenschnürend. »Ich wünsche mit Untertänigkeit Euer Gnaden viel Glück dazu, und wenn der alte Herr auch noch mehr darüber zusammenklappert.«

»Ich danke dir, mein lieber Mathis, aber sprich nicht wieder so von dem vortrefflichen Herrn Major. Er ist sehr froh und frisch.«

»Ich wünsch es ihm«, entgegnete Mathis, hohnvoll sein Gesicht verziehend. »Wie das Begräbnis war von dem jungen Herrn, der ihm das viele Geld gelassen, hat mich zwar der Büttel fortgebracht, aber das tut nichts. Er sah so jammervoll aus, als stand er auf dem Richtplatz, darüber musst ich lachen!«

»Was sprichst du für Unsinn«, sagte Rachau. »Hab ich dir nicht geraten, dass du deine Zunge in Acht nehmen solltest?«

»Ich nehme sie in Acht, Herr! Macht ihn glücklich, Euer Gnaden, macht sie alle glücklich! – Jetzt wird's Abend, wo ich nach Haus muss.«

»Geh, du Schelm«, lachte Rachau, indem er ihm Geld gab, »und mache dich selbst glücklich und selig.«

»Dank, Euer Gnaden, Dank«, versetzte der Lahme, erfreut sich bückend. »Es ist eine schöne Sache ums liebe Geld! Durchs Feuer lauf ich, wenn Sie's mir befehlen. Machen Sie ihn lustig, den Herrn Major, und das schöne Fräulein, aber jagen Sie den Doktor fort, der tut nicht gut dabei. Wünsche Gute Nacht, Herr!«

»Gute Nacht, und sei gescheit«, sagte Rachau. »Wenn du irgendetwas hörst und merkst, was mir angenehm zu wissen wäre, so teile es mir mit.«

»Ja, Herr, das will ich.«

»Ich will nächstens nach dir sehen. Jetzt fort mit dir!«

Der Lahme setzte seine Krücke in Bewegung, und noch lange hörte Rachau, wie er, alle möglichen Vogelstimmen nachahmend, die Hügel hinabstieg.

»Wenn ich den Kerl recht verstanden habe«, sagte er vor sich hin, indem er seinen eigenen Weg fortsetzte, »so hat seine nichtswürdige Rachgier ihn auf Gedanken geführt, die sonderbarerweise – gut!«, rief er, sich unterbrechend, »– ich werde diese Sache näher untersuchen. Zu seinem Glück habe ich mich getäuscht – den Doktor hasst er offenbar, mir aber hängt er an.«

Währenddessen war Gottberg nach Haus zurückgekehrt, wo ihm Toni im Garten entgegensprang, die herzlich ihre Arme nach ihm ausbreitete. »Ach, was habe ich gehört!«, rief sie ihm zu. »Du willst uns verlassen, böser Doktor! Ich habe gar nichts davon gewusst. Niemand hat es mir gesagt, bis Luise es jetzt getan hat. Kannst du nicht bei uns bleiben?«

Der Ausdruck in dem Gesicht des Kindes hatte so viel Rührendes, dass Gottberg schmerzlich davon ergriffen wurde. Er beugte sich zu ihr nieder und sagte traurig: »Nein, liebe Toni, ich kann nicht bleiben.«

»Das sagt Luise auch«, seufzte das kleine Mädchen, »aber was wird nun aus mir werden? Es werden traurige Tage kommen, doch vielleicht«, fuhr sie fort, »sehe ich dich bald wieder.«

»Ich werde nicht zurückkommen, Toni.«

»Nein«, fiel sie ihm ins Wort, »aber ich werde zu dir kommen und zu meinem Bruder, wir alle. Wir sollen im Winter in Berlin wohnen, und da soll es wunderschön sein.«

»Wer hat dir das gesagt, Toni?«

»Herr von Rachau hat es mir heimlich gesagt, ich soll es niemandem wiedersagen.«

»Er wird schon für alles sorgen«, erwiderte Gottberg vor sich hin.

»Ich mache mir gar nichts mehr aus ihm«, beklagte sich Toni. »Er mischt sich in alles, und soll ich dir etwas sagen – ich glaube, dem Vater geht es auch so. Er tut so, als ob er hier ganz allein zu befehlen hätte.«

»Wo ist dein Vater?«, fragte Gottberg, sie unterbrechend.

»Er fühlt sich nicht wohl und will allein sein. Sonst war er immer gesund, jetzt lacht er nicht mehr und hat mich fortgeschickt.«

»Und wo ist – deine Schwester?«

»Hier«, erwiderte eine sanfte Stimme in seiner Nähe, und mit zitterndem Erschrecken sah er sie auf sich zutreten und ihm die Hand zum Gruß bieten. »Sie sind lange ausgeblieben«, sagte sie, »und morgen werden wir vergebens nach Ihnen fragen. Ich habe Sie erwartet, lieber Gottberg, um Sie noch einmal allein zu sehen und zu sprechen.«

»Es ist lange her, seit dies geschah«, erwiderte der Doktor.

»Sie haben recht, und ich beklage mich nicht, wenn Sie darüber zürnen.«

»Ich habe kein Recht zu zürnen«, sagte Gottberg, leise seufzend.

Er erhielt keine Antwort darauf. Sie gingen einige Minuten lang schweigend auf dem Gartenweg nebeneinander her. Toni war verschwunden.

»Sie erleichtern es mir, Ihnen meine herzlichen Abschiedswünsche sagen zu können«, begann Luise dann von Neuem. »Sie kehren in das regsame Leben zurück, dem wir Sie entrissen hatten. Ihr Geist, Ihre Kenntnisse werden einen ganz anderen Wirkungskreis finden, und nichts wird mich mehr erfreuen, als wenn es sich erfüllt, was ich erwarte: Wenn ich Ehrenvolles und Ruhmvolles von Ihnen vernehme, wenn ich höre, dass Ihr Name in der Wissenschaft sich aus den vielen Namen hervorhebt, die bestimmt sind, der Vergessenheit anheimzufallen.«

»Sind das die Glücklichen«, fragte er, seine Augen schwermütig zu ihr aufhebend, »deren Name eine Sekunde der Weltenuhr länger erhalten bleibt?«

»Welches Glück währt denn länger?«, erwiderte sie, gewaltsam lächelnd.

»Und ist das der Grund, aus welchem Sie Freude über meinen Entschluss empfinden, von Ihnen zu scheiden?«

»Freude – das ist ein Wort, das Tränen in meine Augen bringen könnte. Aber wie viel Schmerzen es auch macht, ich wiederhole es dennoch, Gottberg, es muss sein. Sie müssen gehen, müssen uns verlassen! Sie sind zu einem reichen Leben bestimmt, das sollen Sie erfüllen – ich hoffe es, ich glaube es! Oh, sehen Sie mich nicht so ungläubig, so traurig an. Es ist keine Lüge!« Während sie sprach, verlor sich die Ruhe, mit welcher sie begonnen hatte, und ihre Wangen röteten sich.

»Glauben Sie«, erwiderte Gottberg erschüttert, »dass ich aufhören könnte, Ihr ergebener Freund zu sein? Aber man kann sich auch selbst belügen und betrügen.«

»Üben Sie kein Erbarmen«, fiel sie ein, indem ihr Gesicht sich zu verhärten schien. »Richten Sie Ihre Augen auf mich, rufen Sie mir noch einmal zu: Belogen und betrogen! Ich will nicht davor zittern.«

Sie standen in einem Halbkreis von Zypressen auf einer erhöhten Stelle des Gartens. Vorwärts öffnete sich der Blick in das weite Tal, und über ihm hing der Abendhimmel, in feurige Glut getaucht, deren Widerschein die Gestalt des jungen Mädchens überstrahlte.

Die leidenschaftliche Wendung, welche das Gespräch genommen hatte, musste auf Gottberg zurückwirken. »Wenn es nicht Lüge ist«, rief er, ihre Hände ergreifend, »was ist es dann, dass ich verlassen und verloren bin! Ist es Wahrheit? Ist es Lüge? Hast du mich je geliebt?«

In ihren Augen, die ihn mit unaussprechlichem Ausdruck anblickten, lag die Antwort.

»Und jetzt – auch jetzt noch liebst du mich?«

»Immer – ohne Ende«, erwiderte sie, ihre Hände vor sich faltend.

»Und ich soll dich verlassen? Wer zwingt mich dazu? Wer zwingt dich dazu? Dein Vater?«

»Ich – ich!«, sagte Luise, tief atmend. »Wir müssen scheiden, Gottberg, wir müssen.«

»Warum? Um Gottes willen, warum?«

»Fragen Sie nicht – fragen Sie nicht«, erwiderte sie, nach Fassung ringend. »Es muss so sein – es muss!«

Ein Misstrauen lief fressend durch sein Herz. Es zitterte in den Blicken, mit denen er sie betrachtete.

»Wie«, rief sie, ihn schmerzvoll anstarrend, »können Sie zweifeln?«

»Dann ist es ein Traum! Eine Einbildung! Ein leerer Wahn!«

»Mehr – mehr!«

»Rachau!«

»Fragen Sie nicht weiter.«

»Ich weiß alles«, sagte er. »Aber wenn Sie ihn nicht lieben, Luise, wenn er gelogen hat, als er sich Ihrer Gunst rühmte –«

»Tat er das?«

»Gegenüber Ihrem Vater.«

»Gegenüber meinem Vater!«, wiederholte sie leise.

»Er hat ihn umschmeichelt und umheuchelt«, fuhr Gottberg fort, »er hat sich ihm unentbehrlich gemacht, ich weiß nicht, durch welche Mittel. Warum zittern Sie? Warum dies Entsetzen in Ihrem Gesicht?«

»Er wird mein Gatte werden.«

»Niemals!«, sagte Gottberg. »Sie könnten – ihn wählen?«

»Ich habe keine Wahl«, antwortete Luise tonlos.

»Und ich – ich?«

»Und mein Vater!« Sie sah mit scheuen wilden Blicken umher, als lauere ein Verräter. Ein wirres verzweifeltes Lächeln zuckte um ihren Mund. »Ich zittere nicht. Es muss so sein. Lebe wohl! Lebe wohl! Ich habe dich nicht betrogen!«

Ihre Arme um ihn schlingend, hatten ihre Lippen ihn geküsst, doch als er sie halten wollte, war sie entflohen, und er wagte, er vermochte es nicht, ihr zu folgen. Ein Sturm verworrener Gedanken und Empfindungen verdunkelte alles in ihm und um ihn, aber durch dies Chaos fuhr der Blitz einer entsetzlichen Wahrheit mit dämonischem Glanz. Mehr als einmal schon war diese Wahrheit an seiner Seele vorübergeglitten, aber er hatte das Ungeheuerliche von sich abgewehrt wie ein Gespenst. Es war an seine Seite getreten, als er an dem Hagebuttenstrauch stand, aus den Äußerungen des lahmen Mathis hatte es ihn durchschauert, und jetzt schlug die furchtbare Gewissheit über ihm zusammen.

»Heiliger Gott!«, rief er, aus der Versunkenheit sich aufraffend und seine Arme zu dem dunkelglühenden Abendhimmel aufhebend. »Dennoch kann es nicht Wahrheit sein!«

Am folgenden Tag hatte Gottberg das Haus verlassen. Die Post ging in einer frühen Morgenstunde ab. Beim ersten Tagesgrauen hatte der Doktor seine Habe zur Stadt bringen lassen, geräuschlos war er nachgefolgt, einen Brief zurücklassend, durch welchen er sich unter wiederholter Bezeigung seines aufrichtigsten Dankes empfahl. Unter den obwaltenden Umständen konnte dieser Abschied nur befriedigen, und man musste es dankend anerkennen, dass Gottberg zartfühlend gehandelt habe, um den peinlichsten Augenblicken zu entgehen und keine solchen zu verursachen. Es wurde wenig darüber gesprochen, alle behaupteten in möglichster Ruhe ihr Einverständnis, nur Toni jammerte laut um ihren Freund und fand es abscheulich, dass er sich so heimlich fortgeschlichen, denn sie hatte ihn begleiten wollen und ihm noch so vieles zu sagen gehabt.

Rachau spottete sie dafür aus und verwickelte sie in ein lustiges Gezänk, bei welchem das kleine Mädchen sich ziemlich ungebärdig benahm. Als er begütigend ihr seine eigene Freundschaft dafür anbot, welche ihr Ersatz verschaffen sollte, und viele schmeichelnde Versprechungen anwandte, schüttelte sie trotzig den Kopf. »Du kannst uns den guten Doktor doch nicht ersetzen«, sagte sie, »alle Menschen hatten ihn lieb, und keiner wird ihn vergessen. Vater auch nicht. Er wird bald genug wünschen, dass er wieder bei uns wäre!«

Der Major rauchte seine Pfeife, blickte verdrießlich auf und antwortete nichts darauf, umso lustiger lachte Rachau darüber. »Wir werden ihn sämtlich nicht vergessen, liebe Toni«, erwiderte er, »lass ihn nur inzwischen auf dem Postwagen die frische Morgenluft genießen, die ihm gewiss wohltun wird. Eine Reise machen, ist sehr angenehm. Es gibt nichts Schöneres, als in die Welt zu fahren.«

»Warum reist du dann nicht, wenn es so schön ist?«, fragte das Kind.

»Weil ich dich nicht verlassen kann«, antwortete Rachau. »Wer sollte dich und alle die Trauernden trösten, da der liebe Doktor durchaus nicht bei uns bleiben wollte?«

»Er sagte, er müsste fort, und Luise sagte es auch«, entgegnete Toni nachdenklich. »Weiter wollte er mir nichts sagen. Weißt du es?«

»Er hat es mir auch nicht gesagt.«

»Wir werden's schon noch erfahren«, sagte Toni, »meinem Bruder sagt er es gewiss. Das ist sein Freund.«

»Geh fort, du Schwätzerin«, rief der Major heftig, »hinaus, und tue was Nützliches!«

Erschrocken verstummend, lief das Kind fort, seine Augen voll Tränen. Brand kehrte sich nicht daran. Er ballte seine Hand auf dem Tisch zusammen und blies dicke Dampfwolken aus seiner Pfeife.

Rachau war nun mit ihm allein. »Alle Wetter«, begann er, »mein verehrter Freund, wenn Sie so fort rauchen, ersticken wir beide.«

»Ich habe nichts dagegen«, murmelte der Major.

»Aber ich.« Rachau lachte. »Im Übrigen wüsste ich nichts, was Sie bewegen sollte, mit Vergnügen zu ersticken. Der tugendhafte Doktor hat das Feld geräumt, wir sind ihn los. Ihre Manier, sein Andenken zu beseitigen, ist aber durchaus falsch.«

»Ich handle nach meiner Manier«, fiel der Gutsherr grollend ein.

»Das dürfen Sie nicht, denn Sie würden sehr unklug verfahren!«

Brand fuhr auf, aber er begegnete den freundlichen Augen seines Vertrauten, die ihn mit der eigentümlichen Schärfe anblickten, vor der er geheimen Schauder empfand.

»Sie haben, wie gesagt, sehr unrecht mit Ihrem Ungestüm«, lächelte Rachau sanft. »Das Kind hat den Nagel auf den Kopf getroffen. Er wird Ihrem Sohn, seinem Freunde, sein Herz ausschütten, somit müssen Sie ihm zuvorkommen. Haben Sie Ihrem Sohn noch keine ausführliche Mitteilung gemacht?«

»Nein«, sagte Brand mürrisch.

»So muss es heute noch geschehen. Sie haben ihm nach dem betrübenden Ereignis nur die notwendigste Mitteilung gemacht, jetzt jedoch ist es höchste Zeit, dass Sie erneut die Feder ergreifen. Sie haben bis jetzt auch keine Antwort?«

»Nein«, stieß der alte Herr heftig hervor. »Ich will nicht schreiben. Ich kann nicht!«

Rachau zog ein Papier hervor. »Hier ist ein Entwurf«, sagte er, »ich habe ihn niedergeschrieben. Fügen Sie hinzu, was nötig scheint. Ich hoffe jedoch, Sie werden damit zufrieden sein.«

Er schob den Bogen unter die Augen des Majors, der starr darauf hinblickte und las. Nach und nach wurden seine Augen größer, sein Gesicht von Röte verdunkelt. Er stieß das Papier von sich und sagte ingrimmig: »Das sind Lügen – schändliche Lügen!«

»Keineswegs«, entgegnete Rachau, »es sind Vermutungen, Ansichten, Meinungen, welche sich durchaus rechtfertigen lassen und welche Sie notwendig haben müssen. Es kommt vor allen Dingen darauf an, die Verhältnisse und das Betragen dieses Gottberg in das rechte Licht zu setzen. Ein reicher und angesehener Mann, wie Sie es jetzt sind, kann nicht anders urteilen. Ihr Sohn muss erkennen, dass sein Vater an die Aussichten der Familie denkt. Hat dieser Mensch sich nicht in Ihr Vertrauen und in das Ihrer Tochter eingeschlichen, um es zu missbrauchen? Hat Fräulein Luise ihm nicht selbst endlich ihre Verachtung zuteil werden lassen? Und ist er nicht aus diesem Hause gegangen, um nicht fortgewiesen zu werden?«

»Nein – es verhält sich anders! Nein!«, murmelte der Major, in großer Qual den Kopf schüttelnd.

»Es ist unbedingt notwendig, Gottberg alle und jede Glaubwürdigkeit bei Ihrem Sohn zu nehmen«, sagte Rachau, sich zu ihm neigend. »Ich traf ihn gestern im Wald, und zwar an der bewussten Stelle. Er hat sich Äußerungen erlaubt –«

»Äußerungen?«, wiederholte Brand, scheu aufblickend.

»Seien Sie ganz ruhig darüber. Was auch in seiner Seele vorgehen mag, über seine Lippen wird es nicht kommen. Er besitzt so viel Pietät für Sie und Ihre Familie, dass ich fast glaube, er würde eher sich selbst anklagen. Allein dennoch ist es notwendig, jeder Möglichkeit vorzubeugen, denn bedenken Sie, wenn er – bei seiner Freundschaft mit Ihrem Sohn, bei dessen hoher Meinung von ihm, ein unbedachtes Wort über diesen Toten – über die Umstände seines Todes –«

»Halten Sie ein!«, rief Brand, und indem er seinen Kopf in seine Hände sinken ließ, sagte er: »Meine Kinder meine armen Kinder!«

»Diese Kinder müssen nimmer erfahren, was Ihr Herz so tief betrübt«, erwiderte Rachau. »Welche Zukunft erwartet Ihren Sohn, welches Elend würde ihn treffen, er würde es nicht ertragen können, wenn sein Stolz so verletzt würde, wenn auch nur eine Andeutung, ein Zweifel, ein Misstrauen zur Sprache käme! Wir müssen daher tun, was die Wahrung unserer Ehre uns befiehlt: Wir müssen ihn vor Gottberg warnen.«

»Er wird es nicht glauben! Nein, er wird es nicht glauben«, fiel Brand mit hohler Stimme ein.

»Er wird es glauben, denn Sie werden ihm die Wahrheit beweisen.«

»Beweisen? Wie soll ich es ihm beweisen?«

Rachau schwieg einen Augenblick, dann sagte er leise: »In außerordentlichen Fällen muss man den gewöhnlichen Weg aufgeben und mit einem raschen Schritt das tun, was man sonst nur zögernd und bescheiden zu erreichen sucht. Verzeihen Sie mir, mein Freund, wenn ich solchen Rat erteile, aber was kann besseren Beweis geben, als wenn – Fräulein Luise sich schnell verlobt, schnell vermählt?«

»Mit wem?«, rief Brand. Im nächsten Augenblick aber erkannte er, wie nutzlos diese jähe Frage war, denn in seinem Gesicht stand deutlich genug, dass er sehr gut die ganze Tragweite dieses Rates begriff.

»Sie können nicht vergessen haben, was ich Ihnen anzudeuten wagte«, lächelte Rachau mit betonter Demut, während seine scharfen Blicke den Major wie das Netz einer Spinne umwickelten.

»Nein, nein«, erwiderte dieser verwirrt und ohne sein innerstes Widerstreben überwinden zu können, »ich habe es nicht vergessen.«

»Es würde mir sehr schmerzlich sein, wenn ich fürchten müsste, Ihnen zu missfallen.«

»Mir!«, rief der Major, mit den verschiedensten Empfindungen ringend. »Es handelt sich nicht darum, ob Sie mir gefallen.«

»Ich unterwerfe mich durchaus Ihrem Urteil«, fuhr Rachau mit einer Bescheidenheit fort, welche der düster drohende Schatten, der sich auf dieses Gesicht senkte, Lügen strafte.

»Nichts habe ich dagegen – nichts einzuwenden«, sagte Brand mit scheuer Hast, »aber meine Tochter – Luise – es ist ihre Sache.«

»Tausend Dank, verehrter Freund!«, rief Rachau, seine Hände fassend. »Sie wissen, wie ich Ihnen ergeben bin! Wie ich leiden würde, wenn wir uns trennen müssten, kann ich nicht aussprechen! Allein, Sie haben vollkommen recht, es ist Fräulein Luises Sache, doch dürften Sie, als mein Beschützer in dieser Herzensangelegenheit, auch eine wichtige Stimme haben. Ein Vater hat immer eine wichtige Stimme, wenn es sich um das Glück seines Kindes handelt, und findet bei einer guten verständigen Tochter immer den nötigen Gehorsam! Können Sie in Ihrem Brief Ihrem Sohn melden: Deine Schwester hat sich zu meiner Freude mit dem Mann ihrer Liebe und ihrer Wahl verlobt, und ich segne von ganzem Herzen diesen Bund – so sind alle Verleumdungen, die Gottberg erfinden könnte, vergebens.«

Der Major hörte dies alles mit starren Mienen an. Widersprechen konnte er nicht, dabei zermalmte ihn der Gedanke, seiner Tochter solche Anträge zu machen. Zu gleicher Zeit aber sah er ein, dass dies Mittel gegen seines Sohnes womögliche Bedenken und Einsprüche ebenso wie gegen Gottbergs Aussagen allerdings ein wirksames sei. Der stolze Mann, der niemals einen anderen Willen ertragen konnte, war bis zur Willenlosigkeit heruntergekommen. Er sah keinen Ausweg aus dem Netz, in das er sich verstrickt hatte. Der Schrecken vor dem Abgrund hinter ihm war noch größer als vor dem, was auf ihn zukam, und kein menschliches Wesen, dem er trauen durfte, konnte ihm beistehen als dieser Vertraute, vor dem ihm graute und den er doch nicht missen konnte.

»Ich will nächstens mit Luise reden«, sagte er, »nächstens.«

»Heute noch, mein verehrter Freund«, flüsterte Rachau lächelnd, »heute noch! Wir lassen den Brief bis morgen liegen, es kommt auf die kurze Verzögerung nicht an.«

»Aber wenn nun – wenn Luise –«

»Das wäre freilich trostlos, es würde nicht nur mich unglücklich machen. Bedenken Sie alles, mein Freund, und handeln Sie, wie es Ihr Wohl und Ihre Freundschaft für mich erfordern. Ich habe auf diese«, fuhr er eindringlich fort, »einige Ansprüche. Sie selbst waren so gütig, mich Ihrer Dankbarkeit zu versichern. Im Übrigen ist Fräulein Luise ja so einsichtig und, wie ich hoffe, mir auch nicht abgeneigt. Seien Sie freundlich, teuerster Herr von Brand, sprechen Sie ruhig, herzlich, väterlich mit Luise, die ich aufs Innigste verehre.«

Der Major saß regungslos auf seinem Stuhl. Er war erschöpft von dem Sturm der sich widersprechendsten Empfindungen, matt gemacht von der Hilflosigkeit, aus der er sich nicht aufraffen konnte. »Herr mein Gott«, murmelte er endlich, indem er seine Hände zusammendrückte, »muss es denn so sein? Gib dem Teufel ein Haar, und du bist verloren.«

Rachau war an diesem Tage ein noch viel unterhaltenderer und angenehmerer Gesellschafter als gewöhnlich. Auf seine Veranlassung wurden einige Gäste auf den Nachmittag eingeladen, und diese kleine Gesellschaft hatte Gelegenheit genug zu bemerken, mit welcher Aufmerksamkeit und Ergebenheit der galante und interessante Mann Luise auszeichnete. Immer war er in ihrer Nähe, immer mit ihr beschäftigt, und zu seinen Huldigungen passten manche Worte und Blicke, die der ahnungsvollen Gesellschaft nicht verloren gingen. Rachau stellte sich als den vertrautesten Freund des Hauses dar, und als man am Abend sich trennte, war es den Heimkehrenden so ziemlich gewiss geworden, was man nächstens zu gewärtigen habe. Auf jeden Fall war es eine geschickte Vorbereitung. Den Doktor hatte Rachau aus dem Hause fortgeblasen, es gab spöttische Bemerkungen genug darüber, im Grunde jedoch ließ sich nicht viel Vernünftiges dagegen sagen. Früher schon zweifelte man genugsam, ob Luise sich wirklich so weit vergessen könne und ob der Major nicht dazwischenfahren werde, wenn die Mutmaßungen etwa Wahrheit werden sollten. Zwar war Brand anscheinend ein Mann von derber Einfachheit, auch erhob er bei jeder Gelegenheit den Doktor bis in den Himmel, allein alles hat seine Grenzen.

Nun hatten sich vollends die Verhältnisse geändert, die Familie war reich geworden, somit blieb ganz natürlich für Gottberg nichts mehr zu hoffen. Man hatte schon in der letzten Zeit bemerkt, wie der Doktor überall von dem vornehmeren Gast verdrängt ward, wie dieser fast immer allein die Familie begleitete, und nur die Missgunst konnte es für unrecht erklären, dass das Fräulein von Brand einen besseren Geschmack zeigte. Es gab keine Stimme, welche die Vorzüge des Herrn von Rachau nicht anerkannte, und man fand es heuchlerisch genug, dass Luise an diesem Nachmittag so getan habe, als sei sie gleichgültig gegen die Huldigungen, welche ihr von ihm dargebracht wurden. Man hatte aber doch bemerkt, wie zuweilen ihre Augen lange und fest auf ihm hafteten und wie ihr Gesicht dann einen eigentümlich trüben Ausdruck erhielt.

Während die teilnehmenden Freunde dies und anderes feststellten, hatte Brand eine Unterredung mit Luise, welche den Neugierigen noch weit interessanter gewesen sein würde, wenn es ihnen möglich gewesen wäre, sie zu belauschen. Es war jedoch Nacht, niemand war zugegen.

Rachau hatte sich bei seinem verehrten Freund mit einem bedeutungsvollen Händedruck empfohlen. Als Luise ihre wirtschaftlichen Geschäfte beendet hatte, trat sie mit dem Licht in der Hand herein, um den Vater noch einmal zu sehen.

Sie schien verwundert, ihn noch im vollen Anzüge zu finden. »Bist du noch nicht müde, Vater?«, fragte sie.

Er stand vor ihr still und sah sie an. »Müde ohne Schlaf«, antwortete er. »Das war ein schwerer Tag.«

»Manches war schwer.«

»Und die Zukunft – was bringt uns die?«

»Wer kann in die Zukunft sehen?«

»Zukunft ist alles, Zukunft ist Hoffnung. Man muss in die Zukunft sehen!«

»Man muss sorgen«, sagte Luise, »dass die Gegenwart friedlich und heiter ausfällt und die Vergangenheit –«, Luise stockte, »uns nicht bedrückt.«

Sein Gesicht wurde rot, er sah scheu und doch scharf auf sie hin, in seinen Augen leuchtete ein Entschluss. »Fort mit der Vergangenheit!«, rief er. »Ich wollte dich etwas fragen.«

»Was, lieber Vater?«

Er legte die rechte Hand auf ihre Schultern, sie fühlte sein Zittern und sah zu ihm auf. Er versuchte zu lächeln. »Könntest du dich entschließen«, begann er und schwieg dann wieder.

»Wozu?«

»Du musst heiraten«, fiel er hastig ein, und ohne innezuhalten, sprach er weiter: »Sage mir aufrichtig, ob es wahr ist, ob unser Gast, unser Freund – Rachau, ob er dir gefällt.«

»Er missfällt mir nicht«, erwiderte sie. »Was ist dein Wunsch, lieber Vater?«

Er blickte vor sich nieder, dann, als habe er sich mit erneuter Entschlossenheit bewaffnet, wieder auf, und er hob den Arm, als wollte er einen Schwur tun. Bitte, Schmerz, Angst und Liebe rangen in dem Worte, das über seine Lippen drang. »Luise«, sagte er dumpf.

»Vater!«

»Willst du es tun?«

»Ja, Vater.«

»Ich werde dich nicht zwingen.«

»Du sollst mich nicht zwingen.«

»Oh, das ist mir lieb! Wirklich, Luise, mein Kind –«, er suchte in tiefen Atemzügen ruhiger zu werden und fuhr dann fort: »Rachau besitzt viele Vorzüge und Kenntnisse. Ich bin ihm großen Dank schuldig. Ohne seinen Beistand – ich weiß nicht, was daraus geworden wäre. Die Hauptsache ist jedoch die, dass er dich liebt und verehrt, und ich hoffe, Luise, dass du glücklich sein wirst.«

»Ich werde es versuchen«, erwiderte sie.

»Soll ich ihm mitteilen«, fragte er, seine Augen senkend, »dass du – wenn er dir seine Neigung gesteht –«

»Ich werde ihn erwarten«, fiel Luise ein, »sage ihm, was dir am besten scheint.«

Er hielt noch immer ihre Hände in den seinen. Wie ein Stummer sah er sie an, der ein schreckliches Geheimnis ausschreien möchte, aber es nicht vermag. »Ich habe das nicht gewollt«, murmelte er kaum verständlich.

»Handle, wie es notwendig ist«, unterbrach sie ihn.

»Du willst es so?«

»Ich will, ja, ich will«, sagte Luise, »deine Hoffnungen sind auch meine Hoffnungen. Oh, bester Vater«, fuhr sie fort, indem sie ihn umarmte, »Ehre hat dein Leben begleitet, Ehre wird es nicht verlassen.«

»Ehre – Ehre!«, stöhnte der alte Mann.

»Oh, mein lieber Vater«, rief Luise, »sorge nicht! Deine Tochter wird für dich wachen!«

Sie ruhte einen Augenblick an seinem Herzen, die mitternächtliche Stille spann graue Schleier über sie; dann entfernte sie sich und wandte sich nicht zurück. Sie wollte ihm ihr zitterndes Gesicht nicht zeigen, nicht ihre Augen, die von Tränen verdunkelt waren, denen sie nicht länger widerstehen konnte. Keines Wortes mächtig streckte er seine Arme nach ihr aus. Furcht und Hoffnungen, ein Strahl von Frieden und Zuversicht und ein Strom düsterer Zweifel und banger Ahnungen rangen in ihm, bis er mit einem tiefen Seufzer zusammenschaudernd sagte: »Meine Ehre ist ihre Ehre! Gerechter Gott! – Auch sie – was weiß sie – was ahnt sie? Wohin ist es mit mir gekommen?«

Am nächsten Tag erfolgte die Erklärung, Rachau befand sich am Ziel seiner Wünsche. Ohne eine sichtbare Überwindung gab Luise ihr Wort. Nur gegen die sofortige Veröffentlichung der Verlobung erklärte sie sich mit mancherlei Gründen, lediglich ihr Bruder sollte zunächst davon benachrichtigt werden. Rachau stimmte ihr bei, der wahre Grund schien ihm gewiss genug. Sie schämte sich vor dem Geschwätz und wollte dem flüchtigen Gottberg nicht die Verlobungskarte so schnell nachschicken. Im Stillen jedoch gelobte er sich, dass es nicht lange dauern sollte, und bis dahin ließ sich die Nachricht so weit verbreiten, dass niemand mehr überrascht sein konnte.

Im weiteren Verlauf gab Rachau nähere Nachrichten über seine eigenen Verhältnisse. Als der Sohn eines Oberbeamten in Preußen geboren, hatte er seine Eltern früh verloren, die mäßige Hinterlassenschaft war zum Teil für seine Erziehung verwendet, zum Teil später bei Studien und Versuchen, ihm den Weg in die Welt zu bahnen, verbraucht worden. Er deutete an, dass er sich vielfach literarisch beschäftigt habe, auch mit mehreren Regierungen und politischen Personen in Verbindung gewesen sei. Die französische Regierung habe ihm zu einem längeren Aufenthalt in Nordafrika Veranlassung gegeben, bis er nach seiner Rückkehr in Paris Eduard Wilkens kennenlernte, der sich ihm anschloss und den er begleitete, als die Nachricht vom Tode seines Vaters eintraf.

Im Allgemeinen waren diese Nachrichten weder besonders befriedigend, noch besonders vorteilhaft. Ersichtlich hatte Rachau ein ziemlich ungewisses und wechselndes Leben geführt. Seine Heirat sollte ihm erst geben, was ihm fehlte, die feste Grundlage in der Gesellschaft; es hatten somit diejenigen nicht eben so ganz unrecht, die mit einigen misstrauischen Bedenklichkeiten nach Besitz, Amt oder Stellung des liebenswürdigen jungen Herrn fragten. Indes leben heutzutage Tausende wie die Lilien auf dem Felde, und man kann ebenso wohl große Vermögen in einer kleinen Brieftasche bei sich tragen, wie man weder Amt noch Geschäft noch stolze Titel zu haben braucht, um viel Geld zu gewinnen und das bequemste und prächtigste Leben zu führen. Rachau sprach über Geldgeschäfte, Börsenpapiere, Aktienunternehmungen und Spekulationen aller Art mit derselben Kenntnis und Lebendigkeit wie über Literatur und Zeitungen, Politik und Handel. Ein so gewandter, vielseitig gebildeter Mann, so vornehm und sicher, hatte nichts zu besorgen. Not hatte er gewiss nie gekannt, gearbeitet auch nicht, wer aber das nicht nötig hat, dem wendet sich immer die Hochachtung der meisten ganz von selbst zu.

In den Eröffnungen, welche Rachau dem Major machte, behauptete er eine Offenheit, die sich mit der liebenswürdigsten Dankbarkeit paarte. Er verleugnete durchaus nicht, dass er keine Reichtümer besitze, aber er tat dies mit lächelnder Geringschätzung des elenden Metalls, das so oft den Unwürdigsten gehört, und sagte dann, Luises Hände küssend und Brand die seinen drückend: »Es ist eine höhere Fügung gewesen, dass ich in die Nähe so edler teurer Menschen geführt wurde. Liebend haben Sie mich aufgenommen, meine Aufgabe wird es sein, diese Liebe zu vergelten. Ich will keine Mühen, keine Anstrengungen sparen, ja, mein teurer Vater – gestatten Sie mir, dass ich Sie so nennen darf –, wir wollen vereinigt ein reiches und schönes Leben zu führen suchen!«

»Ein zufriedenes einfaches Leben ist das beste«, murmelte der alte Mann.

»Ein zufriedenes ja, aber ein einfaches, was man gewöhnlich so nennt, ein zurückgezogenes Naturleben, nein!« Rachau lächelte. »Warum sollte man die Welt verachten? Warum sich nicht mit allen schönen Genüssen umringen, die das Produkt des menschlichen Geistes und steigender Zivilisation sind?«

»Die wirklich edlen Genüsse des Lebens sind dessen höchste Würze«, sagte Luise.

»Schönheit gedeiht nur in schöner Form«, versetzte Rachau. »Die köstlichste Musik in einer Bretterhütte erregt Unbehagen, das edelste

Dichterwerk auf schmutzig grauem Lumpenpapier widert uns an, und wenn der feinste Champagnerwein aus einem Küchentopf getrunken werden soll, verliert er allen Geschmack. Nein, meine liebe Luise, wir können uns nicht mit hoher geistiger Regsamkeit in einer Diogenestonne wohlgefallen. Geistig regsame Menschen wollen auch das Leben fein und auserwählt, und sie sammeln sich da, wo ihnen alle Reize des Daseins geboten werden, an den großen Sammelplätzen der Künste, der Wissenschaften, der Industrie und deren verlockendsten Schöpfungen.«

»Ich kenne allerdings die glänzenden und luxuriösen Genüsse des Lebens sehr wenig«, erwiderte Luise.

»Und ich mag sie nicht kennenlernen«, fiel der Major unmutig ein.

»Wir werden sie kennenlernen«, beharrte Rachau lächelnd. »Wenn wir künftig in der Hauptstadt wohnen, wird uns diese gewähren, was sie bieten kann, und wenn uns das nicht genügen sollte, werden wir reisen und uns höhere Genüsse verschaffen. Wir werden nach Paris gehen, in den Mittelpunkt der feinsten und elegantesten Zivilisation.«

Es schien ihm Vergnügen zu machen, diese Genüsse mit lebendigen Farben auszumalen und die glänzendste Zukunft vor dem unerfahrenen Mädchen auszubreiten, das ihm lächelnd und zweifelnd zuhörte. Dann und wann warf auch der alte Herr eine neue abweisende Bemerkung hinein, sie diente jedoch nur dazu, ihn umso eindringlicher zu überzeugen, dass eine neue Welt voll Glück und Freuden notwendig sei und sie sämtlich erwarte.

»Nichts ist obendrein leichter«, sagte Rachau, »als dass ein reicher Mann, wie Sie es jetzt sind, sein Geld in kurzer Zeit verdoppelt und vervielfacht. Ungeheure Vermögen werden von denen gewonnen, welche ihr Geld arbeiten lassen. Die großen industriellen Erfindungen und Unternehmungen beruhen darauf, und dafür, dass man mit dem Köstlichsten sich umgibt, hat man obenein das Vergnügen, immer reicher zu werden.«

»Ich verstehe nichts von allen solchen schwindelhaften Spekulationen«, kopfschüttelte der alte Soldat noch verdrießlicher.

»So nennt sie der Spießbürger in seiner ehrlichen Einfalt«, versicherte Rachau. »Nur Geduld, mein bester Papa, Sie werden anders denken lernen, wenn Sie ein mit Samttapeten ausgeschlagenes Haus bewohnen und erfahren haben, wie angenehm alle diese lieblichen Dinge sind, die man Luxus nennt und tugendhaft verdammt, solange man vergebens danach seufzt!« In dieser fröhlich scherzenden Weise verbreitete sich Rachau noch eine ganze Weile über die glänzenden Zukunftsaussichten der Familie.

Danach wurde die Post nach Berlin besorgt. Brand schrieb an seinen Sohn, was Rachau ihm entworfen hatte, und fügte die Nachricht von der bevorstehenden Verlobung Luises mit dem Herrn von Rachau bei, einem ganz vorzüglichen und verdienstvollen, liebenswürdigen jungen Mann, welcher in dieser schweren Zeit der wahre Trost aller gewesen und überall sich Hochachtung und Verehrung erworben habe. Rachau selbst bat um brüderliche Freundschaft, welche er sich verdienen werde. Luise schrieb einige herzliche Worte an den Bruder, welche alles bestätigten, was sich ereignet hatte. Alle baten um baldige Antwort und gute Nachrichten mit den Hoffnungen, sich bald zu sehen und für immer nahe zu sein, denn Brand hatte, obwohl widerstrebend, in seinem Brief bemerkt, dass er den Winter in Berlin zu leben gedenke.

Von diesem Tage an wurde es den Freunden in der Stadt und Nachbarschaft immer weniger zweifelhaft, wie die Sachen standen und was das Ende sein werde, und es kam ein Umstand dazu, der diese Meinung bestärkte. Ein reicher Gutsbesitzer in der Nähe hatte ein Paar ausgezeichnete Pferde samt elegantem Wagen von Pariser Arbeit zu verkaufen. Rachau besuchte den als geizig verschrienen Baron, überhäufte ihn mit Artigkeiten, kaufte ohne zu handeln und überreichte ihm seinen Wechsel, in drei Monaten zahlbar, mit solcher Unwiderstehlichkeit, dass nicht der geringste Einwand dagegen gemacht wurde. Er hatte dabei von seiner bevorstehenden Vermählung und bleibenden Niederlassung in dieser Gegend so unzweideutige Winke gegeben, dass alle Zweifel verschwinden mussten. Nachrichten darüber verbreiteten sich schnell in der Stadt, und ohne alle Mühe hätte Rachau auch dort sich bedeutende Summen verschaffen können, wenn er es gewollt hätte, die kostbare Equipage und die unfehlbare Verbindung mit der reichen Erbin steigerten die allgemeine Hochachtung. Wenn Rachau an Luises Seite die prächtigen Schimmel durch die Gassen lenkte, neigten sich überall die lächelnden Gesichter, und das Loben über das passliche Paar nahm kein Ende. Aber Rachau lenkte jetzt mehr denn je auch das ganze Haus des alten störrischen Soldaten und diesen selbst.

Die kleine Toni hatte Rachau nicht versöhnen können. Das Kind war mehr und mehr von ihm abgefallen, es blieb bei seinem eigensinnigen Trotz, er mochte tun, was er wollte, seine Schmeicheleien nützten ihm nichts. Dies war umso auffallender, da das kleine Mädchen ihm anfänglich so viele Zuneigung bewiesen hatte; aber es schmollte mit ihm nicht allein, sondern auch mit dem eigenen Vater und der Schwester. Es ging ihnen allen aus dem Wege, so viel es konnte. Je mehr Luise ihre Zeit mit Rachau verbrachte, je mehr der Major ein willenloses Werkzeug wurde, umso mehr zog sich das Kind zurück. Wie weit das Verhältnis vorgerückt war, hatte man Toni verborgen, allein sie sah und hörte genug davon. Der Vater, welcher sonst ihr Geplauder kaum vermissen konnte, empfand eine geheime Scheu auch vor ihr. Wenn sie ihn anblickte, kam es ihm vor, als wollte sie ihm Vorwürfe machen, und er hielt sich zurück, ihr liebevoll zu begegnen, weil er ihre Vertraulichkeit fürchtete. Bei der Unruhe, in welche dies stille Familienleben geraten war, wurde Toni aber überhaupt nicht allzu viel beachtet. Täglich gab es Spazierfahrten, Besuche und Gegenbesuche, denen sich das Kind häufig und ohne große Mühe entzog; auch Luise schien sich vor eindringlichen Fragen und Bemerkungen schützen zu wollen. Toni hatte daher Freiheit genug zu tun, was sie wollte, und sie benutzte dies, umherzustreifen und ebenfalls Besuche zu machen. Sooft es anging, lief sie in den Wald hinaus bis in die Mühle am Flusse, bis in die Hütten an der Berglehne. Stundenlang blieb sie bei dem Müller, oft kam sie spät zurück und wurde gescholten.

Eines Tages wähne dieser Ausflug so lange, dass es dunkelte und der Mond am Himmel stand, ehe Toni an der Gartentür anlangte. Wahrscheinlich glaubte sie, Zeit genug zu haben und das Haus noch leer zu finden, denn ihr Vater und die Verlobten hatten einen Besuch bei einem weitab wohnenden Gutsbesitzer gemacht, der sie gewiss so bald nicht fortließ, allein sie kehrten diesmal doch früher zurück, und kaum hatte das Kind die schattigen Gänge erreicht, als Luise ihm entgegenkam.

»Wie hast du mich geängstigt, Toni«, sagte sie, »wir haben dich vergebens gesucht.«

»Du hast nicht nötig, dich um mich zu ängstigen«, antwortete das kleine Mädchen. »Ich komme von selbst wieder.«

»Aber wo warst du so lange?«

»Im Walde bei Mathis und dann in der Mühle und dann wieder bei Mathis und bei seiner Frau, deren Kind ganz elend krank ist. Das Geschäft geht schlecht, sagt Mathis, er kann nichts verkaufen, ich habe ihm Mehl und ein großes Brot und Milch aus der Mühle gebracht.«

»Du darfst nicht so allein umherlaufen«, fiel die Schwester ein, »versprich es mir!«

»Ich werde doch umherlaufen«, erwiderte Toni.

»Wenn der Vater es erfährt, wird er böse. Das ist keine Gesellschaft für ein kleines Mädchen.«

»Hast du denn bessere Gesellschaft?«, fragte das störrische Kind.

»Du bist unbesonnen und vorlaut«, versetzte Luise. »Aber du bist alt genug, um zu wissen, was sich für dich schickt.«

»Das sollte niemand vergessen!«, rief Toni. »Wenn ich nur reden dürfte, ich wollte es dir schon sagen!«

»Was darfst du nicht reden, und was wolltest du mir sagen?«

»O du – du!«, erwiderte das kleine Mädchen hastig. »Hast du ihn denn nicht vergessen, habt ihr ihn nicht alle vergessen, und er hat dich so lieb gehabt und gewiss noch lieb. Ja, über alle Maßen lieb hat er dich, du aber denkst nicht an ihn, lachst und singst – schickt sich das etwa?«

Luise blieb einige Augenblicke sprachlos, dann blickte sie scheu umher, als fürchte sie, dass ein Zeuge verborgen sei. Sie legte ihre Hand auf Tonis Schulter, und mit einer Stimme, die vergebens sich bemühte, ihre Sicherheit zu bewahren, sagte sie leise: »Warum willst du mir so wehe tun, Toni?«

Das Kind war gerührt von dem Ton, der ihm ins Herz drang. »Ich will dir gar nicht wehe tun«, war seine Antwort, »aber warum schiltst du mich? Hier darf niemand mehr von ihm sprechen. Der Vater runzelte seine Stirn, als ich neulich nur den Namen nannte. Rachau, dein guter Freund, verspottet und verlacht mich, wenn ich ihn lobe, und du – du gehst fort und hörst mich nicht an. Mit Mathis aber kann ich von ihm reden, der hat ihn nicht vergessen, und der Müller – oh, der Müller und die Müllerin, die erst recht – die würd ihn nicht verraten, um keinen Preis!«

Was in Luises Seele vorging und in ihrem Gesicht sich widerspiegelte, verbarg der dunkle Weingang. Schweigend ging sie neben der kleinen Schwester, die ihre Hand ergriffen hatte und plötzlich ausrief: »Du zitterst ja! Warum zitterst du?«

»Ich zittere nicht, aber es ist kühl«, antwortete Luise.

»Heiß ist es! Sehr heiß!«

»Geh«, fuhr Luise fort. »Der Vater ist mit dem Herrn von Rachau im Garten. Lass dich nicht sehen, ich komme dir nach.«

Toni entfernte sich, und als Luise allein war, rang sie verzweifelt die Hände. Nicht weit von ihr hörte sie die Stimmen der beiden Männer und die Frage ihres Vaters nach ihr, die sich rufend wiederholte. Unvermögend zu einer Antwort und voller Furcht vor einem Begegnen, bog sie in einen Nebengang ein, der zu dem Hügel führte, wo sie sich von Gottberg getrennt hatte.

»Ich kann es nicht länger ertragen«, flüsterte sie mit fliegendem Atem. Ein banges Schweigen folgte ihren Worten nach. Der Mond stand hell und groß über den Zypressen und goss sein sanftes Licht über ihre stille, gebeugte Gestalt. Kein Ton störte diese Stille; Frieden war in allen Wipfeln. »Alle schweigen«, rief sie in ausbrechender Verzweiflung, »auch ich! Und dennoch – ich kann dich nicht vergessen!«

Ein Schatten schwebte vor ihren Augen, es war, als rausche es in den Zypressen. Ihr Blick streifte daran hin, und plötzlich klopfte ihr Herz mit zersprengenden Schlägen: Da stand er, blass, bewegungslos, und sah sie an.

»Gottberg!«, schrie sie auf oder wollte sie aufschreien, aber es wurde nur ein dumpfer Ton daraus, und unten am Wege antwortete Rachau: »Wo sind Sie, Luise? Was gibt es?« Er war im nächsten Augenblick bei ihr.

»Nichts, wirklich nichts«, erwiderte sie mit äußerster Selbstbeherrschung. »Ich stand hier und betrachtete den Mond. Plötzlich kam es mir vor, als sei jemand hinter mir.«

Er lachte lustig auf. »Also Ahnungen aus der Geisterwelt!«, rief er. »Das kommt davon, wenn man mit dem Mond Gespräche führt. Geschwind fort von diesem gefährlichen Platz. Eben haben wir Nachrichten erhalten, die Sie hören müssen. – Schon in den nächsten Tagen werde ich Sie verlassen.«

»Verlassen!«, rief Luise.

»Für kurze Zeit nur«, sagte er, »um mich dann nie wieder zu trennen. Kommen Sie geschwind, der Vater erwartet uns. So allerliebst es wäre, bei diesem blassen Lichte zu schwärmen, müssen wir uns doch in die prosaische Wirklichkeit begeben und den guten Papa trösten, der noch immer mit dem Zwang der Notwendigkeiten seines Glückes sich nicht recht verständigen kann.«

Die Nachrichten, die Brand erhalten hatte, bestanden in der Aufforderung seines Rechtsanwalts, gewisse Papiere und Dokumente so schnell als möglich herbeizuschaffen, welche zur Behauptung seiner Rechtsansprüche nötig wären. Es hatte sich doch noch ein anderer Verwandter gemeldet, welcher von einer Linie der Familie Wilkens abstammen wollte, die nach Erbschaftsrecht die nächste sei. Der Rechtsanwalt hatte keine Sorge über den Verlauf, sobald nur die Dokumente in gehöriger Zahl und Sicherheit beschafft wurden, dabei schien es ihm aber am besten, wenn Herr von Brand selbst käme oder aber durch einen Generalbevollmächtigten, der genau von allen Umständen unterrichtet sei, sich vertreten ließe, was für den gesamten Gang dieser Angelegenheit bedeutende Vorteile erwarten lasse.

Diese Nachrichten hatten den Major zunächst in eine gewisse freudige Aufregung versetzt, welche durchaus nicht zu den Empfindungen eines Erben passte, dem ein Prätendent entgegentritt.

»Meinetwegen kann er alles nehmen, was da ist!«, rief er aus, als sei er herzlich froh darüber. »Ich will nichts haben, gar nichts will ich haben!«

Als Rachau mit Luise zu ihm kam, war er noch in dieser Stimmung, allein er bemerkte doch sogleich, dass seine Tochter blass und leidend aussah. »Du siehst ganz sonderbar verändert aus«, redete er sie an, »du bist doch nicht krank?«

Luise verneinte es.

»Es kommt vom Erstaunen über Ihre guten Vorsätze, mein lieber Papa«, sagte Rachau. »Ich habe es Luise mitgeteilt, wie großmütig Sie wieder einmal sein wollen.«

»Es hat sich ein näherer Erbe gemeldet, Kind«, fiel der Major ein, »daher müssen wir zurückstehen.«

»Doch nicht ohne Beweis«, antwortete Rachau.

»Beweis! Beweis!«, rief der alte Herr ungeduldig. »Der Teufel hole die Prozesse und die Rechtsverdreher. Ich habe, solange ich lebe, einen Abscheu davor gehabt. Und diesen Prozess hier, um diese Sache, um dies Geld –«

»Den müssen Sie aus allen Kräften betreiben und dürfen ihn nicht verlieren«, sagte Rachau, indem er seine scharfen Augen auf ihm ruhen ließ.

Der Major geriet in einige Verwirrung, aber er erwiderte doch: »Ich verlange nicht danach, das wissen Sie, was soll mir dies Geld – dies Geld, an dem kein Segen ist. Ich habe, was ich gebrauche, und aus meiner Seele heraus wünsche ich – verflucht mag es sein!«

»Das wäre doch eine Merkwürdigkeit ohne Beispiel in der Weltgeschichte«, lachte Rachau, »wenn man Reichtum so verächtlich von sich schleudern wollte. Es ist Ihnen zugefallen nach dem Willen Gottes!«

»Des Teufels! Des Höllenteufels!«, rief der alte Soldat, indem er seine Hände ballte.

»Und wenn es wirklich daher stammt«, fuhr Rachau fort, »so bliebe es umso bedenklicher, es abzuweisen. Was änderten Sie denn damit? Was gewönnen Sie durch diese auffällige Sonderbarkeit?«

Er schwieg einen Augenblick, und alle schwiegen.

»Im Übrigen«, fuhr Rachau fort, »müssen Sie doch beachten, und ich muss Ihnen dies wiederholen, dass es sich ja um das Glück und Wohl Ihrer Kinder handelt. Ich selbst, mein lieber Papa, rechne mich jetzt zu diesen. Dies sollten Sie nicht vergessen.«

Brand warf einen Blick auf ihn, in welchem mancherlei, aber keine natürliche Liebe geschrieben stand. Es war ein Gemisch von Furcht und Unwillen, Verzagtheit und Trotz, doch Rachau kehrte sich nicht im Geringsten daran. Er drückte Luises Hand und sagte mit seiner schmeichelnden Bestimmtheit: »Sagen Sie dem guten Papa, dass er von diesen wunderlichen Auffälligkeiten abstehen muss, die geforderten Dokumente sind in wenigen Tagen zu beschaffen. Die Ansprüche des Erben zerfallen in nichts. Wie der Justizrat schreibt, ist es ein armer Teufel, der obendrein mit einer kleinen Summe leicht zu bewegen sein wird, seine Behauptungen fallenzulassen, da er voraussehen muss, endlich nichts zu erhalten. Alle Weitläufigkeiten lassen sich damit abschneiden, es ist von keinem zweifelhaften Prozess die Rede, im Gegenteil versichert der Rechtsgelehrte, dass nach Erledigung dieses Punktes die Erbschaftsmasse rasch ausgeschüttet werden wird. Was soll man nun wohl denken, wenn der, dem sie gehört, sich anstellt, als seien es glühende Kohlen? Der Papa soll nicht gehen, ich werde sein Generalbevollmächtigter sein, in kürzester Zeit werde ich die gesamte Angelegenheit in Ordnung gebracht haben.«

»Rachau hat in allem, was er sagt, recht, Vater«, entschied Luise. »Du vermagst nichts zu ändern, nichts zu bessern.«

»Herzlichen Dank für diesen Ausspruch!«, rief Rachau. »Morgen können wir besorgen, was zu meiner Reise nötig ist, und ich kann mich dann sogleich auf den Weg machen. Ich bin sicher, meine Aufgabe glücklich und leicht auszuführen. Doch ehe ich gehe, meine teure Luise, mein väterlicher Freund, geben Sie mir einen offenen Geleitbrief mit, der mein Recht zum Handeln vor den Augen aller Welt bestätigt. Lassen Sie das Abschiedsmahl auch das Verlobungsmahl sein! Legen Sie Luises Hand in meine Hand, lassen Sie den Segen des Vaters und der Braut mich begleiten!«

Der Major blickte nach seiner Tochter hin, diese saß regungslos neben Rachau, dem sie ihre Hand überließ, ohne ihre Mienen zu verändern. Ihr Gesicht schien leichenartig starr. Ein Grauen überfiel den alten Mann; er ahnte, wie ihr Herz zerbrach, wie alles doch nur eitel Blendwerk sei, was er sich vorgespiegelt. Seine Kehle schnürte sich zu, und doch wusste er, dass er antworten sollte, er wusste auch, dass er keine andere Antwort geben könne als eine wohlgefällige. Aus welchen Gründen sollte er Rachaus Verlangen ablehnen? Er fürchtete sich vor den lächelnden kristallhellen Augen, aber noch größer als diese Furcht war der Kummer über sein Kind.

»Wenn es durchaus so sein muss«, sagte er, »– ich meine, dass Sie reisen, und wenn – es ist allerdings, ich glaube, bekannt genug, sodass niemand zweifelt – dennoch – Luise muss es am besten wissen!«, rief er, als ihm der Faden ausging, erschöpft und mutlos.

»Sehr wahr«, antwortete Rachau, »meine geliebte Freundin muss es am besten wissen, ob sie meine Bitte erfüllen wird. Ich hoffe darauf, ich weiß, dass ihr verständiger Sinn meine Gründe erwägt, bedenkt und billigt.«

»Es muss so sein«, antwortete Luise.

Der Klang glich einem Seufzer, aber Rachau versetzte sich in ein erhöhtes Entzücken. Er umarmte den Papa, umarmte die Braut mit den innigsten Beteuerungen seines unaussprechlichen Glücks und setzte ihnen dann siegesgewiss auseinander, was sich begeben sollte. Die Generalvollmacht sollte am nächsten Morgen ausgestellt werden, was an den Papieren und Dokumenten noch fehlte, ließ sich aus den Kirchenbüchern und dem Gerichtsarchiv beschaffen. Zum Abend aber wäre ein kleiner Kreis von Freunden einzuladen, denen sich das Brautpaar vorstellen könne, dann würden alle Glückwünsche in Empfang genommen; war das letzte Glas Champagner geleert, sollte der Abschied folgen, der Wagen bereitstehen, der Bräutigam mit Kurierpferden forteilen. Nachdem sie zu allem Ja gesagt, entfernte sich Luise. Frost und Hitze jagten durch ihr Blut. Der Major schwieg verdüstert. Rachau nahm es leicht. »Morgen wird es schon besser gehen«, tröstete er. »Schlafen Sie, mein lieber Papa. Sie werden sehen, es hat nichts zu sagen!«

Und am nächsten Morgen hatte sich in der Tat diese Vorhersage erfüllt. Luise kam mit sanftem Lächeln zum Vorschein, die Nacht hatte beruhigend auf sie gewirkt. Sie sprach in ihrer verständigen Weise von den Einladungen der Gäste für diesen Abend, man überlegte gemeinsam, die Vorgänge wurden sämtlich nochmals durchgesprochen, die Geschäfte verteilt, und kaum war das Frühstück beendet, so entwickelte sich allseitige Tätigkeit. Der Major wurde von seinem Vertrauten gleich mit in die Stadt geschleppt zu einem Notar, dann zum Gerichtsdirektor und zum Oberprediger. Die Angelegenheit wurde verhandelt, wie sie musste, und in wenigen Stunden war das meiste abgetan. Was übrig blieb, geschah am Nachmittag, und endlich befand sich alles in bester Ordnung. Rachau hatte Vollmacht und Dokumente in der Tasche und kehrte fröhlich am Arm des alten Herrn zurück, der immer noch nicht recht behaglich aussehen wollte und den er darüber mit allerlei spaßhaften Sentenzen ermahnte.

»Es wird nicht lange dauern«, sagte er, »so werde ich wieder hier sein, und mit größter Zuversicht kann ich hinzufügen, dass alsdann alles zu Ihrer Zufriedenheit geordnet sein wird. Wir werden dann nichts weiter nötig haben, als Ihre hiesigen Angelegenheiten zu beendigen, das Gut zu verkaufen.«

»Ich will es nicht verkaufen«, fiel der Major ein.

»Nun, so schließen wir die Türen zu und überlassen das alte Gebäude der haushaltenden gespenstischen Tante! Inzwischen denke ich doch, wir feiern noch vorher ein fröhliches Fest darin, nämlich – meine Hochzeit.«

Der alte Mann blickte verwunden auf. Das war eine neue Überraschung.

»Hochzeit«, sagte er, »ich denke aber, damit hat es noch Zeit.«

»Sie müssen es mir versprechen«, fuhr Rachau fort. »Während ich fort bin, können alle üblichen Formalitäten erfüllt werden, denn unsere Hochzeit muss hier gefeiert werden, da es in der Hauptstadt nicht so leicht und passlich geschehen könnte. Wir müssen Sie als jungvermähltes Paar begleiten.«

»Aber mein Sohn!«, wandte der Major voller Unbehagen ein. »Wir haben noch immer keine Antwort.«

»Haben wir denn seine Antwort so nötig? Wenn er nicht antworten will, so ist dies zwar sehr zu bedauern, allein ich denke doch, dass er kein Recht besitzt, Ihrem Willen Einspruch zu tun; auch hoffe ich nicht, Gegenstand seines Missfallens zu sein. Im Übrigen gedenke ich, ihn bald aufzusuchen.«

Er sah sich um; ein Wagen kam rasch gefahren. »Am Ende sitzt er darin!« Rachau lachte. Der Major schrak zusammen, und Rachau lachte noch mehr. »Sehen Sie wohl, wie willkommen Ihnen dieser Besuch sein würde!«, rief er spottend. »Doch sorgen Sie nicht; das ist so ein kleiner Landkarren mit einem Verdeckstuhl, in welchem irgendein ehrsamer Pächter oder Landdoktor nach Hause fährt. Er schlägt den Weg nach der Mühle ein, da ist er schon unten. Also wahrscheinlich ein Gevatter und Amtsbruder des Spitzbuben, der dort das Mehl beutelt. Der Kerl hat ein falsches Gesicht.«

»Es ist ein ehrlicher Mann«, erwiderte Brand.

»Ein ehrlicher Mann bei niedriger Pacht, indes – das soll sich ändern«, fügte Rachau leise hinzu, um dann laut fortzufahren: »Lassen wir ihn. Nur noch ein Wort, mein verehrter Freund, an Sie. Versprechen Sie mir, während meiner Abwesenheit so heiter und froh Ihre Tage zu verleben, wie es Ihnen möglich ist.«

»Ich hoffe es«, erwiderte der Major und dachte mit geheimer Befriedigung daran, dass Rachau ihn verlassen werde. Der Druck, den dessen Nähe auf ihn übte, war so stark, dass seine Mienen die Erleichterung ausdrückten, welche er empfand. Rachau schien zu verstehen, was in der Brust des anderen vorging.

»Sie werden gewiss recht oft an mich denken«, sagte er, »ebenso wie ich dies tun werde; doch werden wir beide nie vergessen, mit welchen zarten und unauflöslichen Banden wir verbunden sind!« Bei diesen Worten nahmen seine Augen jenen wunderbaren Ausdruck an, womit, wie man sagt, die Schlange ihre Beute bezaubert. »Zeigen Sie den Leuten ein frohes Gesicht«, fuhr er dann fort, »vor allem Luise. Mir scheint, als ob sie zuweilen –«

»Was?«, fragte der Major, da Rachau innehielt.

»Als ob sie zuweilen von düsteren Ahnungen beschlichen würde. Zum Beispiel gestern Abend.«

»Ahnungen!«, sagte der alte Mann mit einem schmerzlichen Beben. »Um derentwillen sie – Leib und Seele opfert!« In seiner Erregung sah er Rachau so wild und zornig an, als sei er noch derselbe, der er einst gewesen.

Allein dieser erwiderte mit der größten Sanftmut: »Regen Sie sich nicht auf, bester Papa, es würde sehr unnütz und überflüssig sein. Nur keine Reflexionen über Dinge, an denen nichts geändert werden kann. Ich will kein Wort über Ihre Äußerung verlieren, doch seien Sie vorsichtig, Luise liebt mich, Sie haben diese Liebe gebilligt, wenn traurige Ahnungen sie beschleichen, so tragen Sie allein die Schuld!«

»Ich trage die Schuld, ja, ich trage die Schuld!«, murmelte der alte Mann seufzend, und als wolle er nichts mehr hören, schritt er rascher voran.

Sie befanden sich beide auf dem Fußsteig, der am Flusstal aufwärts führte. Die Mühle lag nicht weit unter ihnen, man hörte das Rauschen der Wehre und Räder, und vor ihrer Tür hielt jetzt der Wagen, welcher den Weg hinabgefahren war. Des Müllers umzäuntes Land zog sich bis zur Höhe hinauf, und wo der Fußsteig hart ansteigend um die Ecke bog, stand ein Schuppen, vor welchem Holzblöcke für den Mühlenbedarf lagen. Indem Rachau seinem voranschreitenden Begleiter folgte, zuckten seine Lippen spöttisch. Wenn Luise nicht klüger wäre als dieser alte Schwachkopf, sagte er lautlos zu sich selbst, so würde es Torheit sein, ihn aus den Augen zu lassen. Das liebe Kind aber wird ihn in Zucht und Ordnung halten und ihren süßen Opfertod vervollständigen. Hier hielt er inne, denn er sah den Major plötzlich stillestehn. Zugleich hörte er jemand sprechen und rau lachen. Nach wenigen Schritten erkannte er die Ursache.

Auf einem der Holzklötze vor dem Schuppen saß Mathis, sein Kasten mit den Vögeln stand zu seinen Füßen, vor ihm aber auf einem anderen Holzstück hatte sich Toni niedergelassen, mit der er sich unterhielt.

»Du hast also nichts verkauft, armer Mathis?«, fragte das kleine Mädchen.

»Was tut's!«, schrie der Lahme in aufgeregter Stimmung. »Es tut gar nichts!«

»Aber deine Frau und dein Kind, das so krank ist?«

»Es tut auch nichts!«, lachte er weiter.

»Morgen will ich dir allerlei recht Gutes bringen«, sagte Toni.

»Aha, Brosamen vom Tische gekehrt! Also ist ein Fest heute. Ich hab schon in der Stadt davon gehört. Ehe! Was hat's denn zu bedeuten? Es wird Hochzeit gemacht!«

»Du bist närrisch, Mathis. Man muss sich ja erst verloben.«

»Hurra! Es wird Hochzeit gemacht!«, schrie Mathis. »Da muss ich dabei sein!«

»Du willst dabeisein?«

»Ich will dabeisein!«, schrie der Lahme weiter, immer lauter werdend. »Ich will eingeladen werden, ich will mit am Tische sitzen, ja, das will ich!«

In dem Augenblick trat der Major um die Ecke der Umzäunung, er mochte nicht länger dies Gespräch mit anhören, zugleich regte sich sein Zorn über die Anwesenheit und Vertraulichkeit seiner Tochter. Toni erschrak nicht wenig, als sie ihren Vater unerwartet vor sich sah, der, ohne den Mathis anzusehen, ihr befahl, sogleich zu folgen, und, ohne stillzustehen, seinen Weg fortsetzte.

Es wäre auch alles gut abgelaufen, hätte Mathis sich ruhig verhalten, allein kaum hatte der Major einige Schritte getan, rief er höhnisch lachend: »Geht nur, ich komm schon, es bleibt dabei! Hochzeit ist eine schöne Sache, also will ich dabeisein!«

Brand sah sich um und blickte ihn zornig an, aber Mathis hatte alles Gefühl dafür verloren. »Es ist richtig«, grinste er ihn an, »es ist der Mathis mit dem lahmen Bein, der eingeladen werden will! Ihr sollt mich bitten darum, fußfällig um die Gnade bitten, so will ich es tun!«

»Halten Sie sich nicht auf«, sagte Rachau zu dem Major, »dieser Trunkenbold weiß von seinen Sinnen nichts.«

»Er weiß genug, hoho!«, schrie Mathis, der offensichtlich angetrunken war, mit, seiner rechten Hand durch die Luft fahrend. »Wer tot ist, ist tot! Eingeladen will ich sein, nicht auf den Kirchhof geschmissen, von mir erbt keiner nichts!«

Der alte, grimme Mann stand wie erstarrt auf dem Pfad. Seine Brust keuchte, seine Knie bebten.

»Fürchten Sie nichts«, flüsterte Rachau. »Überlassen Sie mir diesen Taugenichts«, setzte er dann lauter hinzu, »er ist nicht wert, dass Sie ihn einer Antwort würdigen.« Damit begleitete er den Major einige Schritte und kehrte dann langsam um und zu Mathis zurück.

Je näher er kam, umso freundlicher lächelte er. Er schien sich daran zu freuen, dass der Lahme, der sich bemühte, seine übermütige Miene beizubehalten, in Unruhe geriet und Blicke umherwarf, als suche er Beistand. Er wäre vielleicht davongelaufen, wenn es in seiner Macht gestanden hätte. Da er jedoch einsehen musste, dass dies nicht anging, rückte er seinen Hut in die Stirn und zog seine Krücke in die Höhe, als wollte er für jeden Fall bereit sein. Sein Rausch schien verflogen.

»Bleib sitzen«, sagte Rachau, »es wird das Beste für dich sein. Du machst die dümmsten Streiche, die ein Mensch in deiner Lage machen kann. Statt meinen guten Rat zu befolgen, ein anstelliger anständiger Mensch zu werden, bist du ein Trunkenbold geworden, der nicht einmal mehr Mitleid verdient.«

»Es hat sich keiner um mich bekümmert, und das Elend macht schlecht«, antwortete Mathis mürrisch.

»Ich habe dich aufgefordert, dich an mich zu wenden, wenn ich dir behilflich sein kann, habe dich aber vergebens erwartet«, fuhr Rachau fort. »Wolltest du mich ansprechen, hättest du mich leicht finden können. Hast du mir jetzt etwas zu sagen, so bin ich hier.«

»Ich habe gar nichts zu sagen«, antwortete Mathis ebenso mürrisch wie vorher.

»Aber du möchtest eingeladen sein, mein lieber Mathis.« Rachau lächelte. »Heute Abend feiere ich meine Verlobung, und wenn ich von meiner Reise zurückkomme, wird meine Hochzeit sein. Ich lade dich ein, wenn du kommen willst.« Der übermütige Spott in seinem Gesicht war so herausfordernd, dass Mathis, noch halb berauscht, wie er war, es dennoch empfinden musste; daneben aber ging es ihm vor den Blicken dieses Mannes wie dem Major, er duckte sich wie ein knurrender Hund und sagte ungewiss: »Warum nicht, ich bin's schon zufrieden.«

»Du sollst empfangen werden, wie du es verdienst«, fuhr Rachau fort. »Wie es im Zuchthaus hergeht, weißt du ja, aber sei sicher, mein lieber Mathis, ich werde für dich noch ein besseres Plätzchen ausfindig machen.«

Mathis fuhr mit dem Kopf zurück, als Rachau sich ihm noch mehr näherte. »Wenn du es wieder wagst, unverschämt zu sein, mein guter Freund«, fuhr er liebenswürdig lächelnd fort, »so verlasse dich darauf, dass dies das letzte Mal gewesen ist, wo ich dich vor den Folgen warne. Es geht dir jetzt schlecht, nicht wahr?«

»Schlecht genug«, sagte Mathis.

»Dein Weib hungert, und dein Kind ist krank.«

»Alle Donner!«, brummte Mathis, wild aufblickend.

»Und du, statt ihnen beizustehen, versäufst deine letzten Pfennige.«

»So helfen Sie mir, Herr!«, schrie der Lahme trotzig auf.

»Ich dir helfen?«, antwortete Rachau verächtlich. »Warum sollte ich dir helfen? Nicht einen Pfennig habe ich für solchen Taugenichts. Aber einen guten Rat will ich dir geben, höre mich an. In zwei Wochen, vielleicht noch früher, werde ich wieder hier sein. Bist du während dieser Zeit ein ordentlicher Mensch geworden, kann man sich auf dich verlassen, dich nützlich brauchen, so will ich halten, was ich dir schon früher versprach. Ich will für dich sorgen. Der Herr von Brand, mein Schwiegervater, wird dir auf meine und deine Bitten irgendein Amt geben, das dich ernährt. Sei also weise, mein guter Freund, damit ich dein Freund bleiben kann, wenn aber nicht, so nimm mein Wort darauf, dass ich dich verfolgen will, bis du in deinem Elend umkommst. – Willst du nun noch heut zu meiner Verlobung kommen, mein lieber Mathis, so komm nur.« Er nickte ihm freundlich zu und ging fort.

Mathis saß still auf dem Holzklotz und sah ihm nach. Er wagte nicht zu lachen, nicht zu sprechen. Dem großen zornigen Gutsherrn hatte er ins Gesicht gehöhnt, vor diesem sanften Herrn scheute er sich. Und erst als Rachau verschwunden war, schien sich der Bann zu lösen und an seine Stelle ein tückischer Ärger zu treten, der sich in Verwünschungen und Zähnefletschen Luft machte. Er focht mit seinen geballten Fäusten umher, bis er zuletzt auf den Klotz schlug und grimmig aufschrie: »Wenn's das nicht wäre, ich wollt dich fassen! Aber wenn er mir auch die Kehle zuschnüren tut, will ich doch das Maul halten. Und wenn ich gleich sterben müsst, wollt ich doch darüber lachen, wie der Bluthund aussah, wie er zitterte und bebte! Und wenn's der Teufel selbst wär, so soll's mich doch freuen tun, dass er sie alle in seinen Sack schmeißt, und sie müssen alle mit ihm in die Hölle hinein!«

»Nicht alle!«, sagte eine tiefe Stimme hinter ihm, und Mathis fuhr zusammen und sah über die Achsel fort. Dann rückte er den Hut und verzerrte sein Gesicht zur Freundlichkeit. Ohne besondere Überraschung sah er den Mann an, der leise die schmale Tür im Schuppen geöffnet hatte, vor welcher Mathis saß, und mit einer gewissen lustigen Vertraulichkeit rief er ihm zu: »Sie sind es also, Herr Doktor! Na, Sie haben doch alles mit angehört!«

»Ich habe es angehört«, antwortete Gottberg. Er sah ihm ins Gesicht und fragte: »Was weißt du davon?«

»Wovon?«

»Von dem Tode des Mannes, der dort hinter dem Holz … ermordet wurde.«

Mathis rührte sich nicht. Er schien etwas zu berechnen, dann sagte er schlau aufhorchend: »Was, der Teufel? Sollt's also wirklich geschehen sein? Wer hat's getan?«

»Der hier bei dir stand«, antwortete Gottberg. »Rede die Wahrheit. Du weißt davon.«

»Das möcht ein gutes Essen geben«, grinste der Lahme, »wenn er's erfahren tät, was Sie da sagen. Wenn's wahr wäre, gibt's nicht andere Leute, die's eher getan haben könnten?«

»Wohin du auch deuten magst«, sagte Gottberg, »so verstockt bist du nicht, dass sich nicht dennoch dein Gewissen regte. Willst du Unschuldige in die Hände eines Mörders fallen lassen?«

»Nehmt Euch in Acht, Herr«, rief Mathis, indem er sein Bündel aufnahm, »dass Eure Worte Euch nicht beißen!«

»Geh hin zu ihm, da du sein Helfershelfer bist, und sag's ihm.«

»Wenn ich das wäre«, antwortete Mathis, »hätt ich ihm manches sagen können, was ihm Freude gemacht hätte. Ich hätt ihm sagen können, da unten in der Mühle, in der Giebelstube, wohnt länger als eine Woche schon der Herr Doktor während der ganzen Zeit, wo die Herrschaft denkt, er sei weit davon! Ich hätt auch sagen können, Herr, das kleine Fräulein kommt zu ihm gelaufen, es bringt ihm Nachrichten alle Tage. Und der Müller ist der Spitzbub, der mich zehnmal schon ausspioniert hat und allerlei Winke gegeben hat, was ich verdienen könnt, wenn ich gescheit wär. Seht, Herr, das könnt ich ihm sagen, aber ich sag's nicht. Warum nicht? Weil ich Euch kein Leid zufügen möcht, denn Ihr – ja Ihr habt's nicht um mich verdient. Kein Groschen sitzt in meiner Tasche, nichts zu beißen, nichts zu brechen ist da. Er hätt sie mir vollgemacht, aber ich mag sein Geld nicht!«

»Ich will dir helfen«, fiel Gottberg ein. »Fordere, was du willst, du sollst es haben. Aber rede! Im Namen Gottes, sprich die Wahrheit!«

»Für den da?«, rief Mathis, indem er seinen Arm nach dem Pfad ausstreckte, der zum Gut führte, und dann an sein lahmes Bein schlug. »Für den, der mich bis ans Betteln gebracht hat?«

»Du hast auch ein Kind«, sagte Gottberg. »Um deines Kindes willen tu, was ein ehrlicher Mann tun muss.«

Die Mahnung schien nicht ganz ohne Wirkung zu bleiben, wenigstens versetzte die Erwähnung des Kindes den Lahmen in Bewegung. Der Rausch, in welchem er sich befunden hatte, war nun gänzlich verflogen, und sicher überfielen ihn traurige Gedanken.

»Ich muss nach Haus«, murmelte er, »wenn's auch ein saurer Gang ist.«

»Und du willst trotz deiner eigenen Not nicht antworten?«

»Nein, nein«, rief Mathis trotzig, »was mutet Ihr mir zu? Ich weiß nichts, was soll ich wissen? Lasst von mir ab, Ihr kriegt doch nichts heraus! Was, zum Donner, hab ich damit zu schaffen! Adjes, Herr, adjes! Sorgt für Euch selbst – es ist Verlobung heut. Hoho! Habt Ihr keine Galle im Leibe?« Er fing an, seine Krücke zu setzen und hinkte fort.

»Halt ein«, sagte Gottberg, »nimm das mit.«

»Nichts!«, schrie Mathis, den Kopf schüttelnd. »Ich nehm nichts!«, und so schnell er konnte, ging er weiter. Eben kam die Müllerin den Weg herauf und sprach ihn an, aber auch ihr gab er keine Antwort.

Als Mathis seine Hütte erreichte, war es finster geworden, finster und still war es auch hinter den kleinen blinden Scheiben. Er stand und horchte lange, er konnte nichts hören. Sonst schrie das Kind wohl, in den letzten Tagen hatte es fast immer geschrien, nun war es totenstill und dunkel. Es wurde ihm bang ums Herz, denn es fiel ihm vieles ein, was schwer wog. Er hatte hier glücklich gelebt in seiner Art. Die Frau nahm er, weil sie ihm gefiel, er hätte eine mit Geld haben können, die mochte er nicht. Er nahm die Arme, die nichts hatte als ihre Hände und die ihm sagte, sie wollte fleißig und brav sein, sie hofft's auch von ihm, so würde alles gut gehen. Fleißig und brav war sie auch gewesen, und es ging gut, bis der unglückliche Tag kam, wo sie ihn blutend nach Haus brachten, dann ins Krankenhaus, dann ins Gefängnis, dann ins Zuchthaus. Das hatte sie nicht überwinden können. Kummer und Gram, Schande und Not hatten sie abgezehrt; nun das kranke Kind und dazu der wüste Mann. Es kam kein guter Tag mehr. Das herumtreibende Leben und die Leidenschaft in ihm hatten ihn anders gemacht. Sonst ein kecker Bursch, dem 's Arbeiten Spiel war, den alle bewunderten, war er jetzt ein Vagabund, dem man aus Mitleid ein Almosen zuwarf, der allerlei Possen treiben musste, um zu betteln. Sein Unglück nagte an ihm, weil er seinen Stolz nicht vergessen konnte, und er klagte mit ingrimmiger Rachlust den an, der ihn verstümmelt hatte. Um die Sorgen und Qualen loszuwerden, trank er, was er sonst nie getan. Andere bezahlten die Zeche, er unterhielt sie dafür mit seinen Künsten und Spaßen, aber wohl tat es ihm nicht. Er kam nach Haus, zankend und fluchend, und wenn's die Frau auch geduldig litt, er sah's ihr doch an, wie's in ihr aussah. Früher hatte sie ihn getröstet. Wenn keiner ihn unschuldig nennen wollte, sie nannte ihn so, und daran hatte er sich lange aufgerichtet. Jetzt las er in ihren Mienen, dass er schuldig sei, ein schlechter Kerl; damit brach die Stütze zusammen. Es blieb ihm nichts als sein Hass und seine Aussicht auf Rache, und was ihm auch gesagt werden mochte und was er sich selbst sagte, er schlug's mit Gewalt von sich. So hatte er es auch heut noch getan, und bis er nun hier an der dunklen Hütte stand, hatte er seine Schwüre und Flüche zehnfach wiederholt. Als aber alles so still war, kam die Angst über ihn. Wenn es da drinnen leer wäre, wenn das Kind tot, die Mutter in ihrer Verzweiflung vom Mühlsteig gesprungen, wie sie es gestern in ihrem Jammer gedroht, was dann mit ihm! Und wiederum wandte sich die Wut in seiner Brust gegen den Bluthund, der ihn so schlecht gemacht. Er ballte seine knochige Faust, hob sie gegen den dunklen Himmel auf und sagte zwischen den Zähnen: »Mag's mich zerreißen und zerfressen, ihm soll's nicht helfen! Holla! Die Tür auf! Sterben müssen wir alle!«

Wie er mit Gepolter hereinkam, stieß er heftig gegen die morsche Pforte, als wollte er durch Gewalt sich Mut machen, aber die Tür war nicht versperrt, sie sprang auf, und bestürzt stand er still, als er in der Kammer dahinter einen Lichtschein flimmern sah. Indem er darauf hinsah, sah er auch seine Frau, die an dem Bett des Kindes saß, nach ihm umblickte, aufstand und ihm bittend zuwinkte. Die Angst fiel von ihm ab, sie war noch da, und wie sie die Lampe aufnahm und ihm entgegenkam, konnte er in ihr Gesicht blicken; das sah friedlicher und bewegter aus, als er es lange gesehen.

»Bist du es, Mathis?«, fragte sie.

»Wer soll es sein«, antwortete er.

»Schweig, Mathis, poltere nicht, setz dich nieder.«

»Warum?«, fragte er und blickte stier nach dem Bett des Kindes.

»Er schläft, Mathis, nach drei Tagen schläft er«, flüsterte die Frau. »Sieh nur hin, ganz ruhig schläft er.«

Mathis beugte sich über sein Kind. Es atmete, es lebte. Es lag in weichen, reinen Betten, als hätte es keinen Schmerz und sein bleiches Gesicht einen neuen Lebensschimmer. Er setzte sich auf den Holzschemel und drückte seine Hände zusammen, immer heftiger zusammen, je mehr er hörte.

»Ich wusste nicht mehr, wohin«, sagte die Frau, »den ganzen Tag hattest du mich allein gelassen, und nichts war im Hause. Das Kind wimmerte und wand sich, ich fiel auf meine Knie und bat Gott im Himmel um Erbarmen. Und wie ich lag, hörte ich eine Stimme, und wie ich aufblickte, stand sie da.«

»Wer?«, murmelte Mathis.

»Wer konnt's sein, Mathis, als das liebe Fräulein Luise. Du hattest sie zum Haus hinausgetrieben, jetzt kam sie dennoch wieder, die Schwester hatte ihr von unserer Not gesagt. Und kaum hatte sie gesehen, wie es stand, so musst ich fort nach der Stadt hinein, einen Zettel an den Doktor bringen, darauf stand geschrieben, er müsste auf der Stelle kommen. Und wie er kam, Mathis, war sie noch hier, und vom Gut war noch ein Mann gekommen und hatte die Betten da gebracht und vielerlei andere Dinge.«

»Der Doktor, was sagt er?«, fragte Mathis, als wollt's ihn ersticken.

»Wenn's gut gepflegt würde, Mathis, sorgfältig gepflegt, so würd's durchkommen.«

»Gut gepflegt!«, versetzte er, auf das Kind niederschauend.

»Es hat keine Not, nein, nein, es hat's nicht«, fuhr sie fort, »sie hat für alles gesorgt, sie sorgt auch weiter!« Mathis erwiderte nichts. Er hielt seinen Kopf niedergesenkt und rührte sich nicht, selbst nicht, als er Schritte in der Stube hörte und gleich darauf nahe bei ihm eine Stimme sprach, die er gut genug kannte. Es war Gottberg, das wusste er, und was er wollte, wusste er auch. Aber hinter Gottberg stand noch ein Mann, der im Schatten an der Tür stehen blieb.

»Du hast mich vorhin nicht hören wollen, Mathis«, sagte Gottberg, »willst du mich jetzt hören?«

»Seid Ihr schon da?«, murmelte Mathis.

»Und er kommt nicht allein«, antwortete der Fremde.

Mathis fuhr in die Höhe, wie der Fremde sprach, und musterte ihn bei dem schwachen Licht. Es war ein großer kräftiger Mann, noch jung an Jahren, aber mit einem klugen scharfen Gesicht und einer Brille auf der Nase, unter welcher seine Augen blitzten. »Kennst du mich wohl noch?«, fragte er.

»Ja, Herr«, erwiderte Mathis.

»Manch hübsches Mal haben wir zusammen Dohnen gestellt und Sprenkel für die Schnepfen«, fuhr der Fremde fort, »wollen wir nicht wieder zusammen einen Raubvogel fangen?«

»Nein, Herr«, sagte Mathis.

»Nicht?«, entgegnete der junge Mann. »Mein Vater hat dir Böses getan.«

Mathis Gesicht zog sich zusammen.

»Dafür willst du ihm nichts Gutes tun. Aber eines kannst du mir sagen, mir dem Sohn – du hast ja auch einen Sohn – hat mein Vater –«

»Halt«, fiel Mathis ein, »so geht es nicht.«

»Wie geht es also?«

»Kommt mit.«

»Wohin?«

»Aufs Gut hinauf. Ich will ihn fangen.«

Der junge Brand ließ seine Augen forschend auf ihm ruhen und sagte darauf: »Du willst zu dem Herrn von Rachau.«

»Er hat mich zu seiner Verlobung eingeladen.«

»Nun willst du kommen.«

»Ja, Herr, ich will kommen.«

»Wir werden dich begleiten.«

»So muss es geschehen, Herr.«

»Höre, Mathis«, begann der junge Herr von Brand, »ich weiß, du tust nichts um Lohn und nichts aus Furcht; aber wissen sollst du doch, dass, wenn du uns treulich helfen und dienen willst, der reiche Lohn nicht ausbleiben wird. Willst du uns aber täuschen, so könntest du leicht als ein Gehilfe bei dem Verbrechen, das hier begangen scheint, betrachtet und danach behandelt werden.«

»Ich helfe Euch nicht und diene Euch nicht«, antwortete Mathis unerschütterlich.

»Wem dienst du denn?«, fragte der junge Brand nicht ohne Misstrauen.

»Ich will's Euch sagen, Herr!«, rief der Lahme. »Nicht Euch, nicht dem Herrn dort oben auf dem Gute!« Er schlug sich mit der Hand auf die Brust und fuhr fort: »Mit all Eurem Geld solltet Ihr meinen Mund nicht auftun, aber – um des Kindes willen da und um die, die's in ihren

Arm genommen hat, darum muss es so sein, und jetzt kommt und lasst uns gehen.«

»Ich bürge für Mathis«, sagte Gottberg zu seinem Freund, der nicht recht zu wissen schien, was er aus diesen Äußerungen machen sollte. »Lass ihn gewähren, er wird uns nicht täuschen.«

Nach einigen Minuten war Mathis auf den Beinen, und rüstig führte er seine beiden Begleiter an den Fluss hinab und an den Steg zur Mühle hinüber; von dort ging der bei Weitem nähere Pfad zum Gute gerade hinauf an dem Schuppen vorüber, durch die Waldhügel jedoch lief der einsame Weg, an dessen Rande Eduard Wilkens sein unglückliches Ende gefunden. Diesen Weg schlug Mathis ein.

Seine Begleiter hinderten ihn nicht daran; als sie jedoch an der Mühle vorübergingen, stand der Müller an seiner Tür, und nach einem kurzen Geflüster sprang er zurück und kam bald darauf mit einem alten Gewehr auf der Schulter und begleitet von drei tüchtigen Knechten und Mühlknappen, jeder mit seinem eisenbeschlagenen Stock, einer mit einem rostigen Säbel.

So zogen sie hinter den anderen her, aber nicht ganz leichten Mutes. Seit der Tote hier gefunden wurde, scheute sich jeder vor dem Gang. Mancher hatte schon über den Vorfall den Kopf geschüttelt, und unheimlich Geflüster ging umher, wenn auch keiner laut und öffentlich ein verfängliches Wort zu sagen wagte. Dergleichen höhnisches Lachen und spitziges Wesen erlaubte sich Mathis allein. Wie der aber über den Major dachte und ihn verwünschte, das war bekannt genug, also gaben die Leute auch nichts auf seine giftigen Bemerkungen über den Reichtum, der dem Herrn ins Haus gefallen, und den Vetter, den er dafür sicher eingesargt ins Leichenhaus gesetzt habe. Aber sitzen geblieben war dennoch manches, weil's jedes Mal so geht. So unglaublich und unerhört ein Verdacht war, den jeder von sich wies, so war die Tatsache doch nicht zu leugnen, und das geheime Grauen warf sich auf den blutigen Fleck Erde an dem wilden Rosenstrauch, der allein hätte erzählen können, was hier geschah.

Der Mond schien in voller Klarheit und beleuchtete den Weg und die Hügel und die schwarzen Tannen und den kleinen Wiesengrund, auf dem der Rosenbusch stand, silberhell. Die Haut zog sich dem Müller und seinen Gefolgsleuten im Nacken zusammen, als sie deutlich sahen, wie der lahme Mathis plötzlich an dem Strauch stillstand und wie er mit seinen beiden Begleitern sprach, welche dicht bei ihm zuhörten. Bei aller Angst war die Neugier der vier Männer doch noch größer, sie schlichen sich heran, so weit es geschehen konnte, bis unter die finsteren hohen Schwarztannen, deren Äste dicht über den Boden streiften, aber nur dann und wann hörten sie ein Gemurmel. Endlich wandte Mathis sich um und hinkte auf den großen Stein los, der nicht weit davon lag. Seine Begleiter folgten ihm, und nach einigen Augenblicken bückten sie sich und wälzten nicht ohne Mühe den Stein aus seinem Lager. Dann suchten sie umher, und sie mussten wohl etwas gefunden haben, denn sie standen beisammen und schienen den Fund zu betrachten.

Während dies im Walde herging, hatte sich die Gesellschaft im Saale des Majors versammelt und mehrere fröhliche Stunden verlebt. Die Gastlichkeit der Familie war hinlänglich bekannt, heute jedoch zeigte sie sich ihren Gästen im schönsten Lichte. Es war nichts gespart worden, um den Abschiedsschmaus so reich und lecker zu machen, als es in der Geschwindigkeit geschehen konnte. Küche und Keller erhielten daher auch vielfache Lobsprüche. Die Damen flüsterten Luise Schmeicheleien über ihre Kuchen, Gelees und Speisen zu. Die Herren schlürften den goldigen Wein verschiedener Art, und der Arzt schwor auf Seele und Seligkeit, es sei gefährlich, hier oft eingeladen zu werden. Jeder wusste übrigens, was diese Festlichkeit zu bedeuten habe, warum Herr von Rachau reise; es war ein öffentliches Geheimnis, was bei Tische erfolgen werde. Der Major, der allezeit ein liebenswürdiger Wirt gewesen, ließ es auch heute nicht an gelegentlichen Ermunterungen fehlen, allein sein altes Wesen war doch nicht dabei. Er war zerstreut, blickte zuweilen scheu umher, ging aufgeregt von einem Zimmer ins andere, und dann wieder schien er ganz in seine Gedanken zu versinken. Einige Spötter flüsterten sich heimlich zu, er denke über die Verlobungsrede nach.

Sie hatten es auch so ziemlich getroffen, wenigstens waren die Gedanken des alten Mannes fortgesetzt bei dieser Verlobung und bei der, welche sich verloben wollte. Was er gegenüber Rachau geäußert hatte, war aus seinem tiefsten Herzen gekommen, und was der trunkene Mathis ihm nachgeschrien, vermehrte seinen Trübsinn und seine Herzensangst. Wie ein Verurteilter hinter den Eisenstangen seines Kerkers, sah er kein Entkommen mehr. Schimpf und Schande wollte er entgehen, aber sie verfolgten ihn, größer und größer wachsend, ein schwarzer Strom, der an seinen Fersen nachrollte, um ihn endlich doch zu verschlingen. Der Vertraute war sein Herr und Meister geworden. Düstere Ahnungen schwebten ihm vor, dass der böse Feind an seiner Seite sei, dem sein Kind sich überliefere, damit er den Vater verschone. Mit solchen Gedanken war er nach Haus gekommen, mit solchen Gedanken empfing er die Gäste, sah er Luise nach, verfolgte er sie durch den Saal und suchte sie, zugleich voll Scheu, sich nicht zu verraten, und mit der Absicht, munter und, wie es sich schickte, hoffnungsvoll und glücklich zu scheinen.

Rachau hatte ihm in einem Gemisch von Drohungen, Bitten und Beteuerungen eindringlich nochmals dargestellt, was seine Pflicht sei, und er hatte recht damit, denn die Zeit zu überlegen war vorüber. Aber welche Macht hatte dieser schreckliche Ratgeber erlangt! Das Mark in ihm fror, wenn er ihn anblickte, er war unfähig zum Widerstand. Rachau gebot auch schon unumschränkt. Auf ihn blickte ein jeder, er ordnete und lenkte, und an diesem Abend übertraf er sich in seinen Leistungen. Da war keiner, der ihn nicht bewunderte, der nicht über den geistvollen, von Witz und Laune übersprudelnden Mann erstaunte, und als er endlich neben Luise am Tische saß, der Vater an ihrer anderen Seite, gab es prüfende und lächelnde Blicke genug. Auch an der Tafel war Rachau das belebende Element. Er war unerschöpflich an gastronomischen Anekdoten berühmter Männer aller Art, welche die Fröhlichkeit vermehrten. Die große Ananasbowle auf der Mitte des Tisches war sein Werk. Als der Arzt davon ein Glas geleert, geriet er in einen Zustand der Verzückung. Er schnalzte mit den Lippen, leckte mit der Zunge nach beiden Seiten, riss seine Nasenflügel auf, um den Duft einzuziehen, und verdrehte seine Augen wie ein indischer Fakir. »Heil und Segen!«, schrie er. »Heil und Segen über diesen Wohltäter der Menschheit, der diesen wunderbaren Trank bereitet hat! Dank allen Göttern, die ihn zu uns führten, damit er unter uns sich seinen Tempel gründe, in welchem wir ihn anbeten können!«

Bei dem Gelächter, das diese Apotheose des kunstliebenden Arztes erregte, und dem Klingen der Gläser, blickte Luise ihren Vater an. Es war ein Blick, der beredt zu ihm sprach. Er drückte leise ihre Hand und neigte sich zu ihrem Ohr. »Bist du bereit, mein Kind?«, flüsterte er.

»Ja, Vater«, antwortete sie.

»Noch – noch ist es Zeit«, sagte er mit einem tiefen Atemzug, indem er ängstlich in ihrem Gesicht forschte.

Sie schüttelte mit einem matten Lächeln den Kopf. »Steh auf, Vater«, erwiderte sie.

Der Major erhob sich mechanisch von seinem Stuhl, den er zurückstieß. Er sah auf seine Tochter herunter, sie lächelte ihm zu. Rachau nahm ihre Hand und küsste diese, alle Stimmen schwiegen, alle Blicke richteten sich auf das junge Paar, alle Mienen füllten sich mit teilnehmender Erwartung, und die Vorsichtigen füllten ihre Gläser; der Arzt pumpte sich bei diesem Geschäft gleichzeitig Luft zusammen, um das dreifache Hoch auszubringen.

Im Augenblick der tiefsten Stille hörte man ein sonderbares Stampfen im Nebenzimmer. »Meine werten Freunde und Nachbarn«, begann der Major, indem er nach der offenen Tür blickte, »meine Herren, ich denke –«

Er hielt inne, und sein Gesicht verdunkelte sich. Seine Augen taten sich weit auf, und er geriet in Verwirrung über das, was er sah. An der Tür stand Mathis auf seiner Krücke, in seiner befleckten Jacke mit dem blauen groben Linnentuch um den Hals, aus welchem der hagere harte Kopf fast gespenstisch hervorragte. Die plötzliche Unterbrechung bewirkte, dass alle Blicke sich auf den Lahmen richteten, der sich hier eingeschlichen, und da Mathis bekannt genug war, auch viele wussten, was er gesündigt und wie er gestraft wurde, so vermehrte sein Erscheinen die Verwunderung.

Rachau hatte sich soeben zu Luise geneigt und ihr zärtliche Worte zugeflüstert, als der Major zu seinem Erstaunen nicht fortfuhr. Wie alle anderen forschte er nach der Ursache und fand sie auf der Stelle. Gewiss war er nicht weniger überrascht als Brand, doch ohne seine Haltung zu verlieren, rief er laut und fröhlich aus: »Das ist ein seltener Gast! Eine Art steinerner Gast! Oder bist du lebendig und kannst uns Antwort geben?«

»Ja, Herr«, antwortete Mathis.

»Dann sag uns, was hat dich hierher getrieben?«

»Ist's nicht so«, fragte Mathis näher hinkend, indem er die Gesellschaft ansah und eine Art Verbeugung machte, wobei er den Bräutigam angrinste, »Verlobung ist heute, gnädiger Herr?«

»Was plauderst du aus!«, lachte Rachau.

»Haben Sie mich nicht dazu eingeladen?«, fuhr Mathis fort.

»Du hast recht«, fiel Rachau ein. »Geh in die Küche und lass dich speisen.«

»Danke, Herr«, versetzte Mathis, indem er, statt dem Befehl zu folgen, näher trat. »Nehmt's nicht ungnädig – ich bringe hier mein Verlobungsgeschenk.« Dabei fasste er in seine geflickte Jacke und zog etwas hervor, das er auf den Tisch warf.

Jeder sah darauf hin. Es klang, als sei es Metall, aber es sah schwarz und rostig aus und seiner Gestalt nach war es ein kleiner Hammer mit scharfer Spitze.

Rachau zuckte mit der Hand danach hin, sogleich aber zog er sie zurück und sah unbefangen das sonderbare Geschenk und den Geber an. »Was soll das bedeuten?«, fragte er. »Was ist das?«

»Blickt nur hin«, fuhr Mathis laut und höhnend fort, »ich denke, Ihr werdet es wohl kennen.«

Der Major stierte den Hammer mit scheuen Blicken an. Er griff danach und ließ ihn wieder fallen. »Mir gehört er nicht!«, schrie er auf und sank in den Stuhl zurück.

»Nein«, sagte Mathis, »es steht ›P.v.R.‹ am Stiel eingegraben. Ihr müsst's am besten wissen, Herr. Ist's nicht dasselbe Ding, das Ihr unter dem Stein verbargt? Ich habe es mit angesehen.«

»Wir haben es ohne Zweifel mit einem Narren oder Wahnsinnigen zu tun!«, rief Rachau, umherblickend.

»Nicht mit einem Wahnsinnigen, aber mit einem Schurken!«, antwortete ihm eine ebenso ruhige als volltönende Stimme.

»Mein Sohn – mein Sohn!«, murmelte der Major, seine Arme ausbreitend. Aufzustehen vermochte er nicht. Mit weit offenen Augen saß er da, von Luises Armen umschlungen. Was weiter vorging, glitt wie Traumbilder an ihm vorüber. Er sah den Doktor Gottberg neben seinem Sohn, sah, wie er vor Rachau trat, als wüchse er auf und würde der Engel des Gerichts. Er sah auch, wie Rachau sich erhob in seiner Überraschung, sich niedersetzte und wieder aufstand und wie er verächtlich zu lächeln versuchte, als Gottberg zu ihm sprach: »Zweifeln Sie nicht daran, dass die Stunde da ist, wo Sie Rechenschaft geben sollen!«

»Oh«, erwiderte Rachau, »ich zweifelte von Anfang an nicht, dass dies Ihr Werk sei. Aber es ist ein Gewebe von Lügen, das ich zerreißen werde. Sie sind dazu eingeladen worden«, wandte er sich an den jungen Brand.

»Um einen Elenden zu entlarven, der sich hier eingeschlichen hat«, unterbrach ihn dieser, »und über den ich die ausführlichsten Erkundigungen eingezogen habe!«

»Sie sind getäuscht und betrogen worden!«

»Keine Frechheit kann Sie retten«, sagte Gottberg ruhig. »Der Beweis Ihrer Vergehen ist eindeutig.«

Rachau verfärbte sich einen Augenblick. »Das ist in der Tat ein seltsamer Auftritt«, sagte er dann, gelassen umherblickend. »Ich habe dieser edlen Familie einige Dienste erzeigen können, dafür sucht man mich zu beschimpfen. Wehe aber dem, der meine Ehre anzutasten wagt! Der Irrtum, welcher hier stattfindet, soll sogleich aufgeklärt werden. Diesem Herrn Doktor, der sich herausnimmt, Rechenschaft von mir zu fordern, bin ich keine schuldig, ich verachte seine Verleumdungen! Ihnen jedoch, Herr von Brand, gebe ich diese gern und auf der Stelle. Begleiten Sie mich!«

Er sprach mit solchem Anstand, solcher Ruhe und Würde, dass die bange erschrockene Gesellschaft nicht wusste, was sie denken sollte. Sie konnte das, was sie hörte, nicht von einem Manne glauben, den sie so hoch schätzte und der mit solcher Kraft der guten Sache sich verteidigte. Bestürzt und prüfend blickten alle auf die Streitenden. Niemand wusste, welcher Vergehen Rachau eigentlich beschuldigt wurde, was man gesehen und gehört, gab kein rechtes Licht, und der Major sah aus, als verstünde er auch nichts davon. Keiner rührte sich daher, als Rachau bei seinen letzten Worten einen der Armleuchter vom Tische nahm und sich dem Seitenzimmer näherte. Niemand hinderte ihn daran. Aber in dem Augenblick, wo Rachau sich umwandte und, den Leuchter in der Hand, die Gesellschaft lächelnd noch einmal anblickte, schlug er die geöffnete Tür hinter sich zu und war verschwunden.

Alles war in einer Minute geschehen, jetzt sprang Brands Sohn herbei und rüttelte an dem Schloss. Der Nachriegel war vorgeschoben. »Haltet ihn!«, schrie Gottberg, aus dem Saal eilend, und hinter ihm her liefen die Gäste. Stühle wurden umgeworfen, der Tisch wankte, eine unbeschreibliche Verwirrung entstand, und das Gekreisch der Frauen wurde durch den Lärm rauer Stimmen im Garten beantwortet.

Plötzlich fiel ein Schuss, gleich darauf ein zweiter, ein wildes Geschrei schallte nach. Bleich und entsetzt stand Luise auf, ihr Vater mit ihr, der Sohn umfasste sie beide. »Hoffentlich hat er sich erschossen«, sagte er leise. »Besseres könnte uns nicht geschehen.«

»Gottberg!«, flüsterte Luise angstvoll.

Mathis stampfte auf seiner Krücke herein. »Fortlaufen wird der Herr nicht mehr«, schrie er. »Wie er zum Fenster hinaussprang, war auch der Müller mit seinen Knechten da. Ich will's aber doch nicht behaupten, dass sie ihn gefangen hätten, wenn der Doktor nicht gekommen wäre. Sowie er den sah, kehrte er sich um und drauflos, und wie er die Pistole herausholte, weiß ich nicht, aber er schoss ab.«

»Wo? Wo?«, rief Luise, indem sie ihren Vater verließ und der Tür zueilte, und ihre Arme ausbreitend, sank sie in Gottbergs Arme, den Toni hereinzog. »Da ist er!«, schrie das Kind. »Er lebt! Kein Finger tut ihm weh. Der böse Rachau hat ihn nicht totmachen können!«

»Nee«, sagte Mathis, »draußen liegt er aber selber mit einem Loch im Kopf, das nicht wieder heil wird. Wie er sah, dass er den Doktor verfehlt hatte, setzte er sich das Ding an seine eigne Stirne, und diesmal ging's.«

»Ist er tot?«, fragte der Major, als wache er auf.

»Mausetot!«, sagte Mathis.

»Und der Hammer dort«, sprach der alte Mann, indem er sich aufrichtete, »bei Gott! Ich kenne ihn nicht! Kein Flecken haftet an meiner Ehre, mein Sohn!«

»Ich weiß es, Vater! Niemals war sie befleckt.«

»Nicht?«, fragte er, die Hand an die Stirn legend. »Aber dennoch – dennoch –«, ein Schauder flog über ihn hin, »dennoch war es mir, als ob ich es sein müsste – als ob kein Mensch daran zweifeln könnte, als ob sie alle schreien müssten: ›Seht da den Mörder! Den Mörder!‹ – Und mein Kind, mein eigenes Kind – Herr mein Gott! Auch mein Kind glaubte es!«

»O bester Vater, vergib!«, flehte Luise. »Ich wollte es nicht glauben, aber du musst wissen, dass ich in jener Nacht, als Wilkens tot in seiner Kammer lag, an der Tür stand, als Rachau dir – die Wunde zeigte.«

»Und wie war ich dahin gekommen?«, stöhnte der alte Soldat. »Gier nach Geld und Gut war über mich gekommen, und ich – ich – ich wollte mein Kind verkaufen, mein Kind! Der Teufel hatte mich – er zog mich Schritt für Schritt in seine Hölle!«

»Gottbergs Liebe und Freundschaft haben dich erlöst, Vater, er hat uns alle erlöst«, unterbrach ihn sein Sohn.

»Ewig sei es ihm gedankt!«, rief der Major. »An mein Herz, Gottberg, du sollst dich nicht mehr von uns trennen!«

»Dank verdient Mathis allein«, sagte der Doktor, auf den Bettler zeigend, der vergessen im Winkel stand. »Ohne seine Hilfe wäre alles vergebens geblieben. Er sah den Mord, den Rachau beging, mit an, als er versteckt unter den Tannenzweigen lag, sah, wie er Wilkens blitzschnell niederschlug, als dieser, seinen Hut in der Hand, sich arglos bückte, sah, wie er das Mordinstrument unter dem großen Stein verbarg – und was auch dazwischen liegt bis zu dieser Stunde, er hat nun der Wahrheit die Ehre gegeben.«

Der Major ging auf Mathis zu und nahm dessen Hand in seine Hände. »Mathis«, sagte er, den Kopf senkend, »vergib mir, was ich an dir getan. Ich bin hart gewesen, ich bin ungerecht gewesen. Ich bitte dich, Mathis, nimm meinen Dank an, und wenn du es haben willst, was du heute gesagt hast, will ich's auf meinen Knien tun.«

»Herr! Herr!«, antwortete der Bettler in seinem Stolz und aus voller Brust. »Es ist uns beiden geholfen. Dankt's Eurer Tochter da, und macht sie glücklich!«

Rachau hatte sich mit der Waffe getötet, die einst dem unglücklichen furchtsamen Wilkens gehört hatte. Der junge Brand schaffte die geputzten Menschen aus dem Hause, die zum Teil selbst schon eilig entflohen waren, zum Teil bei dem Opfer seiner eigenen raschen Tat sich versammelt hatten, das nun entseelt ins Haus und auf dasselbe Bett getragen wurde, wo Eduard Wilkens seinen langen Schlaf begann.

»Wir müssen zudecken, was sich zudecken lässt«, sagte der besonnene Sohn des Majors. »Wo kein Kläger ist, ist kein Richter.« In dieser Weise wurde die Angelegenheit geschickt und vorsichtig von ihm behandelt. Rachau ward zur gehörigen Zeit in der Stille begraben. Zu einer strengen Untersuchung kam es trotz des Aufsehens nicht. Der junge Brand besaß als Jurist Ansehen und sein Vater Freunde genug, um jede amtliche Einmischung in diese betrübende Familienangelegenheit zu verhindern. Der Gerichtsvertreter erfuhr in vertraulicher Mitteilung, dass Rachau ein arger Schwindler und Betrüger gewesen sei, der die Verhältnisse benutzt habe, um mithilfe seines einschmeichelnden Benehmens den alten biederen Major zu betören. Wegen einiger Verfehlungen sei er in früherer Zeit schon flüchtig geworden, nach Frankreich gegangen und dort in die Fremdenlegion als Soldat eingetreten. Nachdem er mehrere Jahre in Algier gedient, habe er seinen Abschied erhalten und sein Leben nun als Spieler und Abenteurer fortgesetzt, bis er zuletzt den Herrn Eduard Wilkens kennenlernte, der ihn als Gesellschafter mit sich nahm, ihn eine Zeit lang unterstützte und erhielt und zuletzt hierher brachte.

Dunkel blieb es, was der kleine verrostete Hammer zu bedeuten hatte, den der lahme Mathis auf den Tisch geworfen. Großes Gewicht legte man nicht darauf, denn es erschien ohnedies erklärbar genug, dass bei seiner Entlarvung Rachau sich eine Kugel durch den Kopf jagte; und dass er aus Hass und Rachsucht zuerst den Doktor Gottberg töten wollte, ehe er sich das Gehirn zerschmetterte, stand fest genug. Nun aber war er in ein Land entkommen, wohin keine gerichtliche Vorladung reicht, es blieb somit kein Grund zu einem Einschreiten übrig.

Umso neugieriger war man jedoch, was nun mit Luise und dem Doktor werden würde und wie überhaupt das Gerede und die Bloßstellung der Familie sich würde ertragen lassen. Allein alle Neugier und alle Teilnahme wurden schrecklich getäuscht, denn wenige Tage darauf waren Türen und Fenster auf dem Gute verschlossen, die ganze Familie nach Berlin abgereist. Alles Gezeter, alle lästerlichen Reden halfen nichts, es war ein Radikalmittel, durchaus wirksam, um in möglichst kürzester Zeit die Zungen zum Schweigen zu bringen. Der Erfolg blieb nicht aus. Wochen und Monate vergingen, nach und nach sprach man selten mehr von den Vorfällen, an welchen so manches unaufgeklärt blieb, endlich drängten sich andere Geschichten in den Vordergrund, was neu gewesen, wurde alt und gleichgültig. Im nächstfolgenden Jahre kam erst wieder eine Nachricht von Belang, nämlich dass Fräulein Luise sich mit dem Doktor Gottberg verehelicht, und hierdurch wurde das Interesse von Neuem angeregt, mehr zu erfahren.

Der einzige Mensch, von dem man allerlei hätte erfahren können, war jedoch so boshaft, nicht das Geringste zu verraten. Es war dies Mathis, der lahme Bettler, der jetzt weder mehr bettelte, noch mit Körben und Vögeln handelte, sondern den der Major bei seiner Abreise zum Hauswart oder Kastellan auf dem Gute eingesetzt, der also auf verwunderliche auffallende Weise zu Gnaden, Ehren und behaglichem Leben gekommen war, seit dieser Zeit aber auch so verständig nüchtern und besonnen sich verhielt, dass niemand ihm Übles nachreden konnte. Manche Leute von Rang und Ansehen hatten es versucht, dem

Mathis seine Geheimnisse abzulocken, allein er war pfiffiger denn alle, sie hatten nur Ärger von seinen Antworten. Der Müller allein erzählte, dass er einmal, als er mit dem Mathis tüchtig getrunken, ihm den Mund aufgetaut habe.

»Du kannst doch nicht leugnen«, hatte er zu ihm gesagt, »dass das Ding, das wie ein Hammer aussah, unter dem großen Stein gelegen hat; denn ich vergaß es nicht, wie ihr's hervorholtet.«

»Ich leugne's gar nicht, Müller«, antwortete Mathis.

»Wer hat's denn aber dahin gelegt?«, fragte der Müller.

»Ich vermute, es ist der Rachau selbst gewesen«, sagte der Mathis. »So klein er war, so hatt' er Kraft für drei. Den Stein hob er auf, als sei's ein Span.«

»So?«, meinte der Müller pfiffig. »Du hast's also mitangesehen?«

Da grinste ihn der Mathis eigentümlich an und sprach zwischen den Zähnen: »Ich hab wohl mehr noch angesehen als das.«

»Was?«, fragte der Müller.

»Wie es zu gebrauchen ist«, antwortete der Mathis.

»Wozu wird's denn gebraucht?«, forschte der Müller neugierig.

»Um Ochsen die Köpf einzuschlagen«, schrie der Mathis.

»Alle Wetter! Das hat er verstanden?«, rief der Müller erstaunt.

»Aus dem Grunde!«, versetzte der Mathis. »Bei den Spaniolen und drüben in Afrika, wo die Franzosen jetzt zu Haus sind, brauchen sie das Ding noch alle Tage, von daher hat er es mitgebracht.«

»Hat er denn jemals hier einen Ochsen niedergeschlagen?«, fragte der Müller.

»Einen gehörig fetten«, grinste ihn der Mathis an, »aber er hat nichts vom Fett abgekriegt! Du könnt'st dich in Acht nehmen, Müller, wenn er noch lebte!«

Mit diesem schlechten Spaß stand Mathis auf, der Müller konnte nichts weiter herausbekommen. – Es ist überhaupt nie mehr davon bekannt geworden.